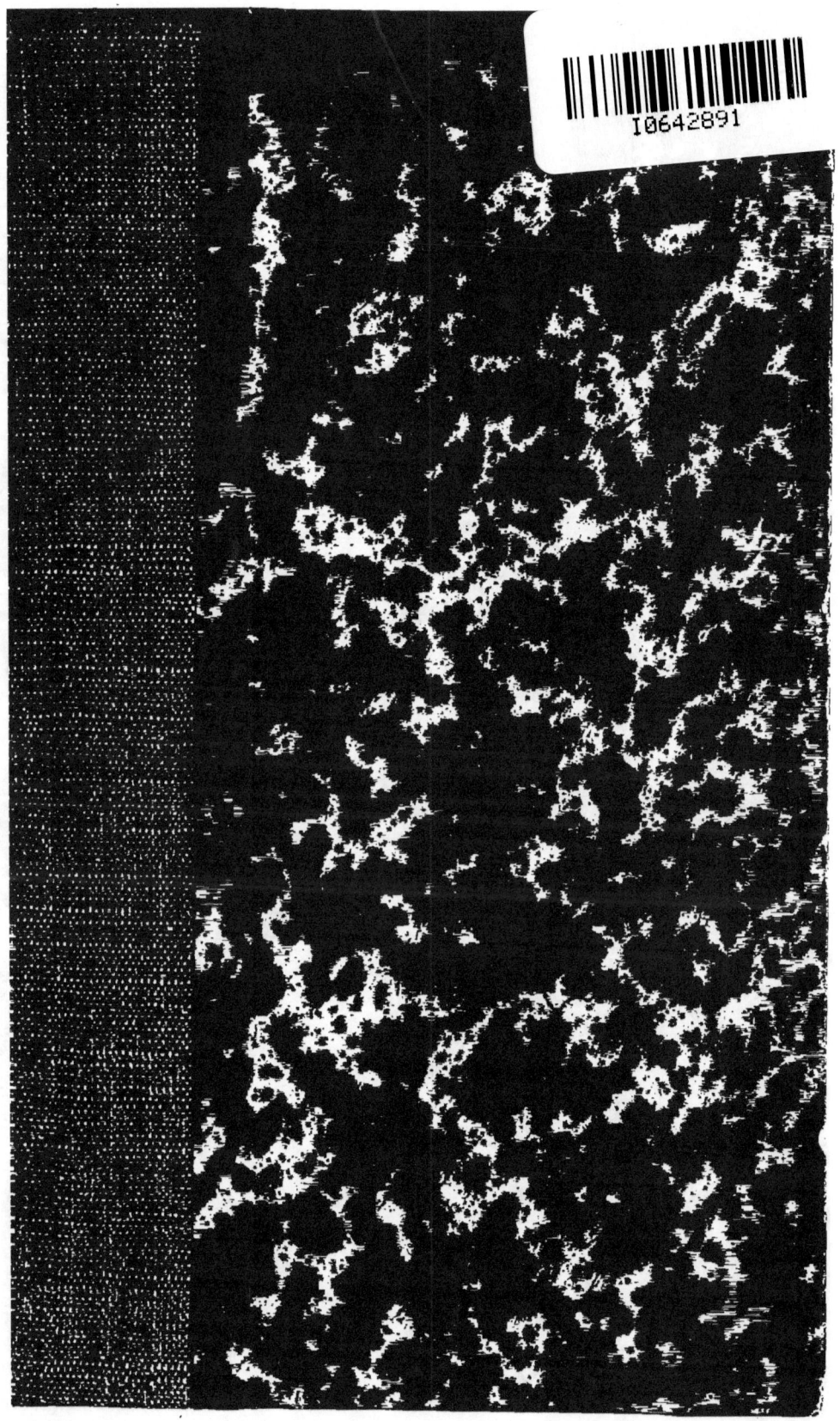

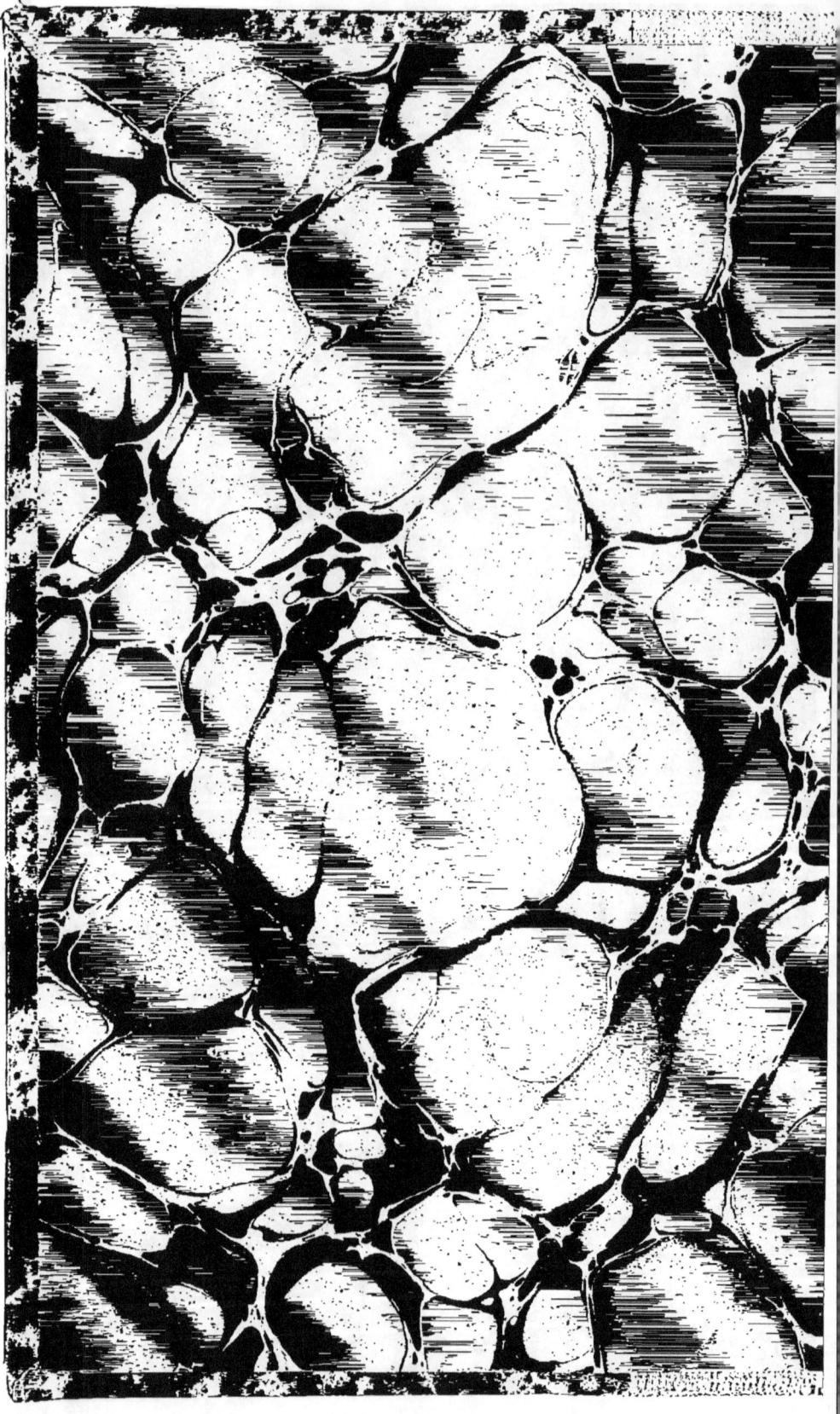

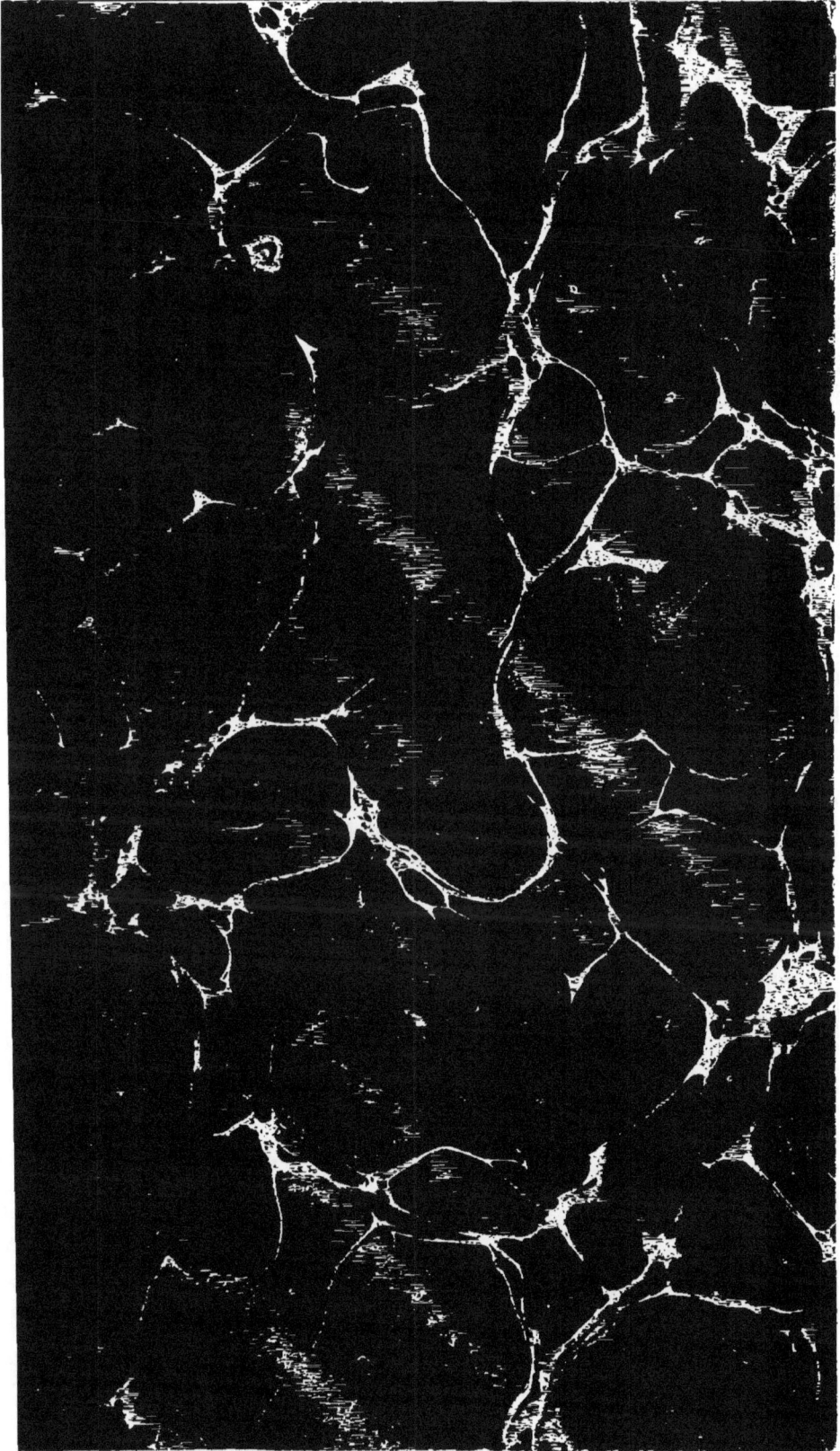

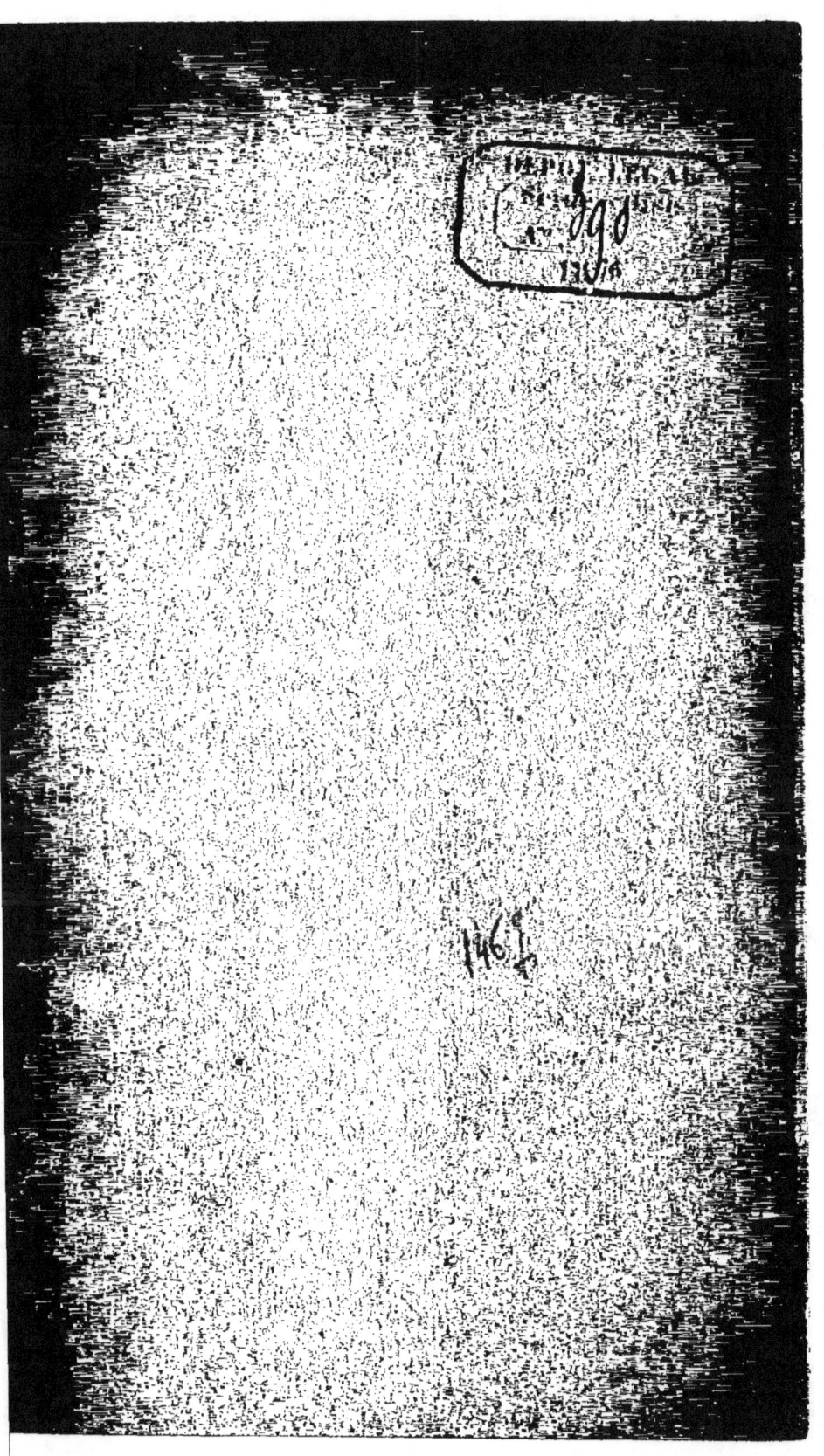

LE

LIVRE A SERRURE

CALMANN LÉVY, ÉDITEUR

OUVRAGES
DE
AMÉDÉE ACHARD
Format grand in-18.

IMPRIMERIE EUGÈNE HEUTTE ET Cie, A SAINT-GERMAIN.

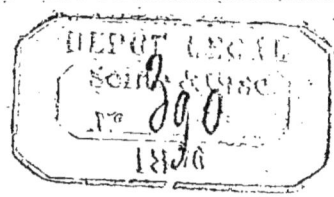

LE
LIVRE A SERRURE

PERCE-NEIGE

UNE NUIT A SAINT-AVOLD

PAR

AMÉDÉE ACHARD

PARIS

CALMANN LÉVY, ÉDITEUR

ANCIENNE MAISON MICHEL LÉVY FRÈRES

RUE AUBER, 3, ET BOULEVARD DES ITALIENS, 15

A LA LIBRAIRIE NOUVELLE

—

1876

A MADAME

OCTAVE FEUILLET

LE

LIVRE A SERRURE

I

La nuit était splendide. Le ciel, noir et
profond, ressemblait à une immense drape-
rie de velours semée de clous d'or ; cependant,
comme on était en plein cœur des plus grands
jours de l'année, un reste de clarté traînait
encore au sommet des collines du côté où le
soleil se couche. On entendait à quelque distance le gémissement de la mer sur la grève,
et, par une échancrure, entre les cimes ar-

1

rondies de deux bouquets de pins, le regard
en apercevait la surface lumineuse et lisse,
toute pleine de scintillements. Esther courut
à la fenêtre, l'ouvrit toute grande et s'y
pencha, offrant son visage au souffle du
vent léger qui passait dans l'air. Au milieu
du silence, des murmures sortaient du feuillage. C'était comme des voix étouffées qui
s'appelaient et se répondaient. Elle semblait en écouter le langage mystérieux et
doux, les yeux au loin, perdus dans le vide,
les lèvres entr'ouvertes et frémissantes
comme si elle eût demandé quelque chose
à l'espace que la brise ne lui apportait pas.
Tout à coup elle se jeta sur la porte de sa
chambre, en tira le verrou, revint à la fenêtre, plongea un regard dans l'obscurité
du jardin, et, sûre de n'être point dérangée,
prit dans une armoire un livre fermé par
une serrure dont elle se hâta de faire jouer

le ressort, s'assit devant une table, et, sautant sur une plume avec une sorte d'impatience, la trempa dans l'encre. Presque aussitôt sa main volait sur les pages blanches.

« Je sens que le sommeil ne viendra pas ;... j'ai comme du feu dans les veines. Que faire, sinon ce que j'ai fait si souvent : me confier à ce livre où je mets tout sans ordre, les menus événements de chaque jour, — et Dieu sait cependant s'ils ont la monotonie d'une eau qui coule sans bruit sur un lit d'herbes molles, — les pensées qui me viennent tout à coup, mes espérances, que font naître le gazouillement d'un oiseau, la chanson d'un enfant qui pousse deux chèvres sur un sentier, un rayon sur un brin de mousse, les craintes que m'inspire un avenir inconnu, mes tristesses vagues, mes souvenirs, tout enfin ! C'est mon confident, mon ami, et sans lui il y a des heures où je serais bien triste.

» J'ai là sous ma main une lettre qui m'a
donné la fièvre. Je n'en ai rien laissé voir.
Comme on peut être seul quelquefois au sein
d'une famille! A qui s'ouvrir? Quand cette
lettre est arrivée, c'est ma sœur Hortense
qui en a déployé les larges feuilles. — Ah!
voilà Blanche qui se marie! a-t-elle dit. —
Que Dieu l'assiste! a répondu ma mère. —
Ma sœur Charlotte n'a pas remué; rien sur
son visage, rien dans son attitude; il m'a
semblé seulement qu'elle était moins active
à tirer l'aiguille. Moi, je n'ai rien dit. Je savais toute l'histoire depuis un mois, Blanche
m'en ayant écrit la nouvelle en secret. Quelle
lettre! Je l'avais lue et relue! « Comprends-
» tu? me disait-elle, je l'épouse, lui, Ed-
» mond.... cet Edmond qui sera à moi; les
» deux familles sont d'accord, le mariage se
» fera dans six semaines, on n'en parle pas
» encore à cause d'un oncle qu'il faut amener

» à le vouloir ; mais, si je n'en parlais pas à
» quelqu'un, mon bonheur m'étoufferait, il
» faut qu'il s'épanche…j'en ai le cœur plein. »
Il y en avait quatre pages écrites sur ce
ton-là ; elle était folle ! Cette lecture m'a fait
perdre l'esprit, je n'en dormais plus ; j'en
savais tous les passages par cœur. Il m'arrivait, quand j'étais seule dans les champs,
ou la nuit avant de fermer les yeux, de me
les réciter à moi-même. Des mots me sem-
blaient écrits avec du feu. J'en ai vécu ; je
n'avais plus aucune autre idée. — Qu'as-tu ?
me disait-on quelquefois. — J'avais cette
lettre. Il y a donc des bonheurs qui rendent
fou, et ces bonheurs viennent d'un autre !
Quand je pense à ces choses, mon cœur bat
à se rompre. Il y avait une ligne à la fin
qui m'a fait monter le rouge au visage :
« Tu verras, ajoutait Blanche, un jour ce
» sera ton tour, tu aimeras, tu seras aimée. »

« Je traverse des heures d'une détresse
morale telle dans mon abandon que partout
je cherche un secours, un appui ; mais à qui
m'adresser? et qui me comprendra? Ce n'est
pas le curé, à qui j'en ai demandé. Le pauvre
homme est accoutumé à confesser de bonnes
femmes qui s'accusent de minuties et se
croient perdues pour une gorgée de bouil-
lon avalée un vendredi, ou de jeunes pay-
sannes robustes qui ne se font pas faute de
commettre de gros péchés. Moi, il n'entend
rien à ce que je lui dis. Il m'écoute, dode-
linant de la tête, hume une prise de tabac,
et, lorsqu'il devine au tremblement de ma
voix que des sanglots me montent à la gorge,
un bredouillement de mots sans suite m'in-
terrompt. — Des imaginations que tout cela,
ma fille, ça passera, ça passera ! me dit-il.
— Et après quelques exhortations banales
où il m'invite à la soumission, il se hâte de

s'éloigner en répétant : — Ça passera, ma fille, ça passera ! — Et rien ne passe, hélas !

» L'abbé Camelot est bon, il fait du bien au delà de ses forces et de ses ressources, il donne ce qu'il a et ce qu'il arrache à la parcimonie et à l'égoïsme de ses paroissiens ; mais il a l'esprit court, et au delà d'un certain horizon où il a cantonné sa vie et son intelligence, tout le reste est lettre morte pour lui. Quelquefois je le rencontre trottant le long d'un sentier, son bréviaire à la main. Je ralentis mon pas et marche à côté de lui. Des confessions sans ordre sont prêtes à m'échapper, un besoin inassouvi d'épanchement me dévore, déjà mes lèvres remuent, et soudain je m'arrête. Mes regards sont tombés sur ses mains ; il les a mal soignées, les ongles sont noirs, et je ne sais quelle répugnance dont je suis saisie me glace. La soutane de l'abbé répond à ses

mains : elle est effiloquée, luisante, grasse ;
rapiécée, ce ne serait rien, mais des taches! J'abrége la promenade et je rentre
au Courtil avec le même poids sur le cœur,
le même trouble dans l'esprit.

» Ce soir, nous étions réunies au salon,
ma mère et mes deux sœurs, comme c'est
notre habitude chaque jour à l'issue du dîner.
Les fenêtres étaient toutes grandes ouvertes,
laissant entrer la lumière à flots. Le vent
gonflait nos rideaux comme des voiles et
chassait jusqu'à nous l'odeur des jasmins et
des orangers. J'ai regardé autour de moi.
J'avais un besoin extraordinaire de dire à
quelqu'un ce que j'éprouvais ; mais comment
faire? Ma sœur Hortense, la plume à la
main, le nez dans ses livres, examinait les
comptes de la semaine. Au froncement de
ses sourcils, j'ai bien vu qu'elle n'était pas
contente. Quelques vingt francs de trop

qu'on aura dépensés! Charlotte brodait ce
devant d'autel auquel elle travaille depuis
cinq ou six mois. Quel ouvrage! Elle ne le
quittait pas des yeux, et ses mains allaient
toujours avec un mouvement tranquille et
régulier qui me donne des irritations ou
quelquefois des envies de pleurer. Son visage
avait la couleur de la toile; il est tout blanc.
Je n'ai jamais vu à personne de visage
pareil; il me fait peur ou il me fait pitié.
Éclairé par la lueur jaune qui vient du
couchant, il prend des tons de vieil ivoire.
Ses lèvres sont pâles; sa respiration insensible ne dérange pas un pli de son corsage.
Cependant, comme Charlotte est plus jeune
qu'Hortense, j'ai parfois envie de me jeter
dans ses bras et de lui crier : — Écoute-moi,
je t'en prie ; — mais, quand je m'approche,
elle m'enveloppe d'un regard qui me décou-
rage. Ma mère, assise dans ce fauteuil de

1.

bois gris à tapisserie qu'aucun événement
n'écartera jamais de sa place au coin de la
cheminée, sommeillait, un livre à la main.
Pas un bruit, pas un murmure. Le vieux
chien frisé qui trotte partout sur les pas de
ma sœur aînée, roulé en boule, restait
immobile sur une chaise basse qu'il affec-
tionne et qu'on lui disputerait en vain. On
entendait le froissement des rameaux verts
contre la muraille et les cris des hirondelles
qui ont bâti leurs nids sous le toit de la maison. J'avais froid dans ce salon, que le soleil
chauffe toute la journée. Le chien tout à
coup s'est dressé sur ses quatre pattes et a
poussé des aboiements sonores. — C'est
M. le curé, — a dit ma sœur Hortense. Ma
mère a fermé son livre. Le parquet a crié dans
la pièce voisine sous le poids d'un pas lourd.
Nous nous sommes levées, le chien s'est pré-
cipité en bas de sa chaise, la porte s'est ou-

verte, et sur le seuil l'abbé Camelot, s'inclinant, son chapeau à la main, nous a dit : —
Madame et mesdemoiselles, je vous salue.

» Le chien d'Hortense lui sautait aux
jambes ; il a tiré de sa poche un morceau
de biscuit, le lui a donné, puis s'est assis en
s'essuyant le front. Jamais il ne m'avait
paru ni si rouge, ni si gros dans sa taille
courte. Son mouchoir à carreaux jaunes et
bleus posé sur ses genoux, sa tabatière ouverte sur un petit guéridon que ma mère a
toujours à côté de son fauteuil, la conversation s'est éveillée. — Le vent marin souffle,
dit le curé ; il pourrait bien pleuvoir cette
nuit. — Tant mieux pour les regains, répond Hortense. — Malheureusement, s'il
tombe de l'eau, le mistral viendra. — Tant
pis pour les olives, réplique ma mère. — On
parle des biens de la terre et de l'apparence
des récoltes. Des silences coupent la conver-

sation, puis elle glisse sur le terrain de la médisance, où elle s'étale à l'aise. Tout le pays est passé en revue. Le bourdonnement de ces petites méchancetés que je connais par le menu, et qui·possèdent le don d'arracher Hortense à ses calculs, me rappelle le susurrement monotone de ces insectes qui tournent incessamment autour de leur victime endormie. Le curé et ma mère cependant ont pris des cartes et jouent. Les mains de Charlotte vont toujours. Leur activité me fatigue, moi qui ne fais rien. Je m'approche de la fenêtre, je me glisse sous le rideau, j'aspire la fraîcheur de la nuit, je regarde les lumières qui brillent au loin, et mon rêve se perd dans les étoiles. Neuf heures ont sonné au clocher du village. Hortense a dit : — Il est tard ! — Ma mère a répondu : — Il faut se coucher. — Le curé s'est levé, nous a saluées en commençant par la maîtresse de la maison, et en descendant jusqu'à moi, la cadette par rang d'âge, et mettant son mouchoir à carreaux dans sa poche : — A demain, a-t-il dit.

» Demain ! Je sais ce que ce mot renferme de menaces dans ses courtes syllabes. Demain sera comme aujourd'hui, aujourd'hui a été comme hier. Les heures n'en seront ni moins pesantes ni moins décolorées. Hier j'ai passé ma matinée à ranger le linge dans les armoires, et, comme je négligeais de placer une étiquette entre les serviettes à liteaux bleus et celles à liteaux rouges, Charlotte m'a secouée et m'a dit : — A quoi penses-tu donc? — Aujourd'hui Hortense m'a employée à transcrire sur un registre le relevé des dépenses du dernier trimestre, qui doivent être divisées en chapitres suivant leur nature. Elle en est arrivée aux minuties, et cela l'intéresse. Y a-t-il eu un temps où

mes deux sœurs ont été jeunes comme je le
suis encore, et dois-je croire qu'un moment
viendra où je serai vieille comme elles le
sont déjà, vieille par les goûts et le caractère, les habitudes et les préoccupations ?
Pauvres sœurs ! le chêne qu'on voit au bout
du jardin a une vie plus animée que la leur.
Il chante avec le vent qui caresse son feuillage. Au plein soleil de midi, il reluit et
semble heureux de porter fièrement la tête
dans la lumière ; au réveil du jour, il est
plein de frissons et de murmures. Il a sa
part des joies et des peines de la création ;...
mais elles ? Elles s'étiolent, elles se fanent,
elles s'éteignent... Que tout est beau cependant autour de nous !.. La saison est en fête,
le ciel est en feu !... »

Le lendemain, à la même heure, Esther
reprenait la plume, et de nouveau ouvrant
n livre à serrure :

« Un événement est arrivé qui a fait pousser un cri de joie à ma mère... Une lettre de mon jeune frère nous annonce qu'il sera bientôt ici... Il a passé brillamment ses examens et vient se reposer parmi nous, dans la maison où il est né. Ma mère, qui n'est pas tendre, en a eu des larmes dans les yeux. — Jacques, mon enfant, je vais donc l'embrasser ! a-t-elle dit. — Le curé, qui l'a baptisé et lui a fait faire sa première communion, s'est mouché bruyamment ; moi, j'ai battu des mains. Je pourrai donc rire avec quelqu'un, et rire c'est si bon !

» Il y avait un *post-scriptum* à la lettre, qui a fait chuchoter mes sœurs. « Je vous
» amène mon ami Raoul, qui est enseigne
» de vaisseau. Il a un congé de convales-
» cence, et, comme on lui a recommandé
» l'air du midi, je lui ai proposé de m'ac-
» compagner. Hortense trouvera bien une

» chambre pour M. de Mauplas au Courtil.
» Mon ami n'est pas malade ; mais il s'est
» battu et a reçu un grand coup d'épée qui
» l'a mis à deux doigts de la mort. Ce duel
» est toute une histoire que je vous raconterai
» là-bas. A présent le médecin répond de
» lui ; un peu de repos dans un air salubre et
» chaud, et il n'y paraîtra plus. Apprêtez-
» vous à le recevoir comme un autre frère
» que la Providence vous enverrait... »

« Un duel, un grand coup d'épée !.. cela
fait trembler... Ces garçons ne redoutent
rien ; mais pourquoi ce duel ? Étant petite
fille, un matin que je considérais le portrait
d'une de mes aïeules que le peintre a repré-
sentée les bras nus, pinçant de la guitare à
côté d'un singe assis sur un fauteuil, une
vieille servante qui avait vu naître ma mère
me dit : — Cette belle dame en robe rose
que vous regardez là a été cause qu'un offi-

cier du roi est mort dans un jardin d'un coup
d'épée, ce qui n'a pas empêché madame la baronne, votre tante, de s'attifer comme vous
voyez. — Je ne sais pourquoi cette histoire
m'est revenue à la mémoire subitement en
entendant parler de l'ami de mon frère et de
son duel. Est-ce aussi une personne comme
la baronne, ma tante, qui en a été cause ? »

La plume glissa des doigts d'Esther, et, la
tête dans sa main, elle s'oublia en des rêves
confus.

Deux ou trois jours après la réception de
la lettre qui annonçait la prochaine arrivée
de Jacques et de M. de Mauplas, et tandis
que tout était en l'air dans la maison, madame de Carnavon, un matin, fit prier Esther de monter chez elle. Cette invitation
éveilla un vague sentiment de frayeur dans
l'esprit de la jeune fille. Esther savait par
expérience que ce n'était jamais que dans

les circonstances graves qu'on en agissait
ainsi. Elle tremblait donc un peu en entrant
chez sa mère. — Asseyez-vous là, ma fille,
dit celle-ci en posant sur un guéridon à
vieille galerie de cuivre un papier qu'elle
tenait à la main.

Ce début ne rassura point Esther. Madame
de Carnavon avait-elle découvert le fameux
livre à serrure auquel sa rêveuse fille tenait
plus qu'à la prunelle de ses yeux? Quelle
homélie alors! Il y eut un instant de silence,
après quoi, arrêtant son regard froid sur
Esther qui restait immobile et presque en
équilibre sur le rebord de sa chaise : — Une
personne qui est d'une naissance honnête a
demandé votre main, ma fille, reprit madame
de Carnavon.

— Ah! fit Esther, qui rougit jusqu'à la
racine de ses cheveux.

Elle pensa aux confidences qu'elle avait

écrites sur les pages de son livre, aux songes
qu'elle avait faits tout éveillée, et ses yeux
firent le tour de la chambre comme si elle se
fût attendue à voir sortir de derrière quelque
meuble l'être mystérieux qui voulait unir sa
vie à la sienne. Son cœur battait à coups
pressés. — Vous ne répondez pas, ma fille,
reprit la mère.

— Et que vous répondrai-je, ma mère ?
J'attends pour vous exprimer ma pensée que
vous m'ayez fait connaître le nom de la personne qui vous a adressé cette demande.

— Il n'est pas nécessaire qu'une fille bien
née sache le nom de l'homme qu'elle doit
épouser avant que la chose soit décidée,
et celle-ci ne l'est pas. Qu'il vous suffise de
savoir que cette alliance, en supposant qu'elle
soit acceptée, vous laisserait au rang que
votre famille, bien qu'appauvrie, occupe
dans le pays. Celle où il vous est loisible

d'entrer est honorablement posée, et celui de
ses membres de qui vient la proposition que
je vous communique a du mérite et du bien
au soleil. Il vous a vue à l'église, et la personne discrète qu'il a chargée de m'informer
de sa recherche m'assure que tout en lui
témoigne de l'éducation pieuse qu'il a reçue.
Il le prouve en ne voulant paraître dans les
maisons où il pourrait vous rencontrer
qu'après avoir obtenu mon agrément.

— Mais, si les choses sont ainsi, pourquoi m'interroger ? C'est à vous de répondre.

— Je voulais savoir tout d'abord si votre
inclination vous pousse vers le mariage, ou
si, comme vos sœurs Hortense et Charlotte, vous êtes résolue à vivre dans le cé-
libat.

— Puisque vous voulez bien me demander mon avis, je vous avouerai que je n'ai

aucune objection contre le mariage, qui est un état honnête vers lequel toute femme se sent appelée.

— C'est me dire que vous voulez entrer dans la voie où il est le plus difficile de faire son salut, ma fille ; je ne m'y oppose pas... Reste à présent la question de la dot.

— La dot ? répéta Esther.

— Il est rare qu'on épouse une fille pour ses beaux yeux. Le jeune homme dont on m'a parlé dépend d'un grand-père qui a des idées arrêtées là-dessus. Vous avez en propre, sans parler de ce qui vous reviendra après mon décès...

— Ma mère !

— Pourquoi s'effaroucher des mots quand la chose est inévitable ? Je disais donc que vous teniez de votre père une somme de quarante mille francs à peu près, laquelle est hypothéquée sur cette terre, qui est un bien de famille et qui en vaut, à ce que prétend mon notaire, quatre cent mille environ. Vos sœurs ont droit à une part égale, ainsi que votre jeune frère. Le surplus constitue mon avoir personnel.

— Je le sais, ma mère, et vous n'avez pas pu croire qu'il entrerait jamais dans ma pensée de rien faire qui pût diminuer votre bien-être.

— J'en suis convaincue; mais là n'est pas la difficulté. Pour présenter au contrat en argent liquide cette somme de quarante mille francs qui vous appartient, il faudrait vendre une portion de cette terre, sur laquelle nous vivons tous, et que j'ai pu sauver d'une ruine vers laquelle nous courions; or quelle portion vendre, les prés, les vignobles ou les bois? Et cette vente ne diminuerait-elle pas la valeur totale de l'immeuble, sans parler du déplaisir que me causerait le morcellement d'un domaine où je suis née ?

— Mais alors que faire? car pour rien au monde je ne voudrais vous causer aucun déplaisir.

— Je savais bien que votre bon cœur ne voudrait pas attrister mes derniers jours par une vente qui atteindrait le Courtil. Ce serait comme une amputation dont je souffrirais à un âge où l'on a bien le droit de mourir tranquille. Dans de telles conditions, et en vous remerciant de l'honnête résolution à laquelle vous vous êtes arrêtée, si vous persistez dans la pensée du mariage, je n'ai plus qu'un conseil à vous donner... adressez-vous à votre sœur.

— A madame d'Équemaure ?

— Elle-même. Je l'attends aujourd'hui. Elle a quitté Cannes pour nous rendre visite. Mes chevaux avec la calèche l'attendent à la gare voisine, et c'est pour qu'ils fussent en état de l'amener plus vite que j'ai pris soin de ne pas m'en servir hier.

— Mais les siens, ma mère, n'en a-t-elle pas de fort beaux ?

— C'est bien pour cela ! Des chevaux de prix... y pensez-vous? Elle n'entend pas qu'ils se fatiguent, et elle a raison. C'est bien le moins, quand elle abandonne la compagnie brillante qui l'entoure pour nous consacrer quelques heures, que notre seul souci soit de lui être agréable! Parlez-lui de votre projet,... elle est riche ; peut-être, si son mari l'y autorise, consentira-t-elle à vous faire l'avance de cette somme sur l'abandon de votre part d'héritage. Votre sœur aînée, Hortense, a déjà disposé de la sienne en faveur de votre frère, en qui repose l'espoir du nom. J'ai tout lieu d'espérer que votre sœur Charlotte fera de même, ce qui le mettra plus tard en état de s'établir.

Madame de Carnavon se leva là-dessus ; la conférence était close. Esther l'imita et sortit.

Un peu troublée du tour qu'avait pris l'entretien, elle descendit au jardin. C'était un enclos irrégulier assez vaste qu'un saut de loup séparait d'un bois voisin. On y arrivait par une porte à claire-voie disposée sur un perron de quatre ou cinq marches qui le mettait en communication avec une espèce de terrain vague en contre-bas dont la surface inégale servait de cour à la maison.

Lorsque Esther pénétra dans le jardin, elle y fut accueillie par des pigeons familiers qui s'abattirent autour d'elle, faisant luire leur gorge irisée et les tons de moire de leurs ailes sur le sable fin des allées. Des arbres

2

fruitiers de toute nature y mêlaient leurs branches, croissant à la diable entre des carrés de légumes. Des papillons blancs voletaient partout, et des abeilles, pareilles à des étincelles d'or, remplissaient les plates-bandes de leurs bourdonnements. La jeune fille n'était pas en humeur de répondre aux agacements des belles colombes qui roucou-laient sur ses pas, et prit une allée bordée de buis qui conduisait à un épais massif de pins et de chênes verts. Elle y trouva à l'ombre, sur un banc de bois vermoulu, sa sœur Charlotte, qui tirait l'aiguille. Sans arrêter plus d'une seconde le mouvement de ses doigts, celle-ci ramena autour de ses jambes les pans de sa robe de laine, et par un geste muet l'invita à s'asseoir à son côté. Esther obéit machinalement. Alors, sans lever les yeux de sa broderie : — Dans cette conversation que tu viens d'avoir avec notre mère, dit Charlotte, n'est-ce pas une question de mariage qui s'est débattue entre elle et toi ?

— Comment sais-tu ?

— Je sais que quelqu'un a demandé ta main. Hortense et moi en avons été informées hier.

— Avant moi ?

— Avant toi, parce que, n'étant pas inté-ressées personnellement dans cette affaire, nous pouvions avoir une opinion plus claire et plus saine à émettre.

— Je ne comprends pas bien.

— Tu me comprendras plus tard ; passons. Ma mère ne t'a-t-elle point parlé d'une dot ?

— Oui, et c'est là le point difficile.

— Et à ce propos ne t'a-t-elle point engagée à t'adresser à notre sœur, madame d'Équemaure ?

— Qui pourrait peut-être m'avancer la somme dont j'ai besoin pour devenir madame X, ou madame Y, car ce qu'il y a de plus singulier dans tout ceci, c'est que je ne sais même pas le nom de cette personne qui m'a remarquée. Le sais-tu, toi?

— Certainement.

— Alors tu vas me le dire.

— A quoi bon, puisque tu ne l'épouseras jamais?

Esther regarda Charlotte. Celle-ci plia soigneusement son ouvrage, et posant une main froide sur le bras d'Esther : — J'entends les grelots de nos chevaux qui ramènent Clotilde... Allons la recevoir avec autant d'empressement que de reconnaissance, comme il convient à des filles pauvres qui ont l'honneur d'avoir une sœur millionnaire... Tu pourras causer librement avec elle aujourd'hui.

II

Madame d'Équemaure venait en effet de descendre à l'entrée de la cour. C'était une femme élancée, blonde et blanche, qui avait dans la physionomie un mélange singulier de coquetterie et de hauteur. Déjà madame de Carnavon se précipitait au-devant d'elle, étonnée de ne pas voir ses deux filles cadettes, mais suivie d'Hortense. Le cocher, endimanché et raide sur son siège, regardait avec un air de tristesse et de fierté les deux chevaux tout blancs d'écume qu'il avait poussés pour faire honneur à sa maîtresse. Esther et Charlotte apparurent alors au sommet du petit perron. — Hâtez-vous, voici votre sœur! leur cria madame de Carnavon, presque irritée, — et elle entraîna madame d'Équemaure dans le salon, où une collation avait été préparée.

Clotilde était de ces personnes à qui la nature et le hasard ont tout prodigué, et auxquelles par conséquent on accorde tout. C'est comme un droit qu'elles tiennent de leur bonheur. Elle était née jolie et heureuse. Jamais de maladie, ce qui faisait que, lorsqu'elle avait une indisposition passagère, il semblait que ce fût une injustice dont elle était victime. Certains êtres naissent privilégiés, comme si les fées de la légende s'étaient réunies autour de leur berceau pour leur aplanir la vie ; ils ne connaissent point les larmes et ne se déchirent pas aux épines. Destinée à n'avoir qu'une mince dot engagée dans une terre qui la gardait comme un avare son trésor, Clotilde s'était tout à coup trouvée riche par la grâce d'un sou-

venir *in extremis,* un parrain opulent, qui
l'avait à peine vue trois ou quatre fois en
dix ans, l'ayant instituée sa légataire uni-
verselle. Un homme élégant, encore jeune,
qui avait passé par la diplomatie, se présenta
à point nommé pour associer une grosse fortune naissante et la tirer du Courtil. Elle
prit sa volée vers Paris, nullement surprise de ce coup du sort qui lui ouvrait à
deux battants les portes d'un monde où ses
sœurs ne devaient point entrer. Plus tard, il
lui sembla naturel qu'elles restassent dans
l'ombre, comme il lui avait paru légitime
qu'elle prît sa place dans la lumière. Cependant, polie et bien élevée, elle ne cessa pas
d'entretenir avec elles une correspondance
intermittente où elle les aimait en jolies
phrases bien tournées ; madame de Carnavon en prenait texte pour s'extasier sur sa
bonté.

— Mon Dieu, que je suis lasse! s'écria madame d'Équemaure en se laissant tomber sur le grand fauteuil que sa mère avait poussé vers elle. Dans la même semaine, deux bals, un concert, trois ou quatre sauteries, un déjeuner dansant, et je ne sais combien de promenades, sans parler des dîners auxquels on m'invite tous les soirs... Cannes me tuera !

— Pauvre chère! comment as-tu fait pour nous venir voir ? Vite, Esther, un coussin sous les pieds de ta sœur !

Esther prit le coussin et se courba pour le glisser sous les pieds finement chaussés de Clotilde. — Merci, petite, murmura madame d'Équemaure, à qui sa mère présentait de beaux fruits et des gâteaux sur une assiette.

Madame d'Équemaure les repoussa d'un geste de lassitude sans y toucher, et s'adressant à Hortense, qui s'empressait autour d'elle : — Tu dois avoir liquidé les comptes de la dernière récolte. Est-ce qu'il ne me revient pas quelque petite chose pour ma part? Pourras-tu me remettre cela tout à l'heure?

— Certainement ; la somme qui t'appartient est en or dans mon tiroir. Voici mes clefs, Charlotte, va la chercher.

— Êtes-vous heureuses d'avoir ainsi toujours de l'argent prêt ! s'écria Clotilde. Il n'y a peut-être pas deux louis dans ma bourse... Ai-je bien fait de venir ! Si vous saviez ce que c'est qu'un château, — une villa qu'on loue pour sa santé, cinq ou six chevaux, un domestique nombreux, des voyages, le monde qui vous impose une dépense effroyable en toilettes, les réceptions de l'hiver,... que sais-je, moi? On a beau être riche, c'est comme si on était pauvre.

Ah ! j'ai bien souvent envié le repos dont vous jouissez au Courtil.

Elle soupira. — Veux-tu changer? dit Charlotte, qui revenait, une petite bourse à la main.

— Pauvre sœur ! répondit Clotilde d'un air doux, ta santé n'y résisterait pas.

Charlotte s'approcha d'Esther, et, se penchant à son oreille : — Tu sais qu'elle partira avant le coucher du soleil ; donc, si tu veux parler, ne perds pas trop de temps.

Esther profita d'un moment où madame d'Équemaure, rafraîchie et reposée, se promenait à pas lents sous une treille, pour s'ouvrir à elle du projet qui la concernait. Aux premiers mots, sa sœur l'arrêta, et, ralentissant sa marche paresseuse : — Que me dis-tu là?... Une dot?... Alors ce monsieur qui te veut pour femme ne te prend donc que pour ton argent?

Elle se tourna vers sa mère, qui la suivait, faisant admirer à Hortense la grâce et le bon goût de ses ajustements, et l'interpellant avant même qu'Esther eût pu lui répondre : — Je croyais à cette chère enfant plus de fierté, reprit-elle. Comment ! elle écoute les propositions d'un homme qui parle de dot avant même de s'être présenté ?... Mais jamais, quant à moi, je n'aurais consenti à épouser M. d'Équemaure, s'il avait soulevé une pareille question ! — Ah ! ma chère, réfléchis... C'est une injure qu'il te fait !

Esther, interdite, essaya de répliquer ; Clotilde l'interrompit : — J'aurais cette somme de quarante mille francs à ma disposition, — et je n'en ai pas le premier centime, — que M. d'Équemaure, qui a le sentiment de toutes les délicatesses, s'opposerait formellement à ce que je t'en fisse l'abandon.

— Je n'ai pas crû devoir faire aucune

observation à Esther, je l'ai laissée à son libre jugement, dit madame de Carnavon.

— Alors il t'a mal inspirée, ma mignonne.
Ne parlons plus de cela, veux-tu? Dans ton
propre intérêt, par respect pour ta dignité,
c'est par un refus catégorique que tu dois répondre... Il est de ces procédés qui dévoilent
un homme.

— Que te disais-je? murmura Charlotte à
l'oreille d'Esther.

Madame d'Équemaure, embrassée, choyée,
bien enveloppée d'un manteau dont on dé-
pouilla Hortense pour la couvrir, accablée
de remercîments pour la peine qu'elle s'était
donnée, repartit bientôt dans la calèche
qu'on avait bourrée de paniers de fruits
choisis parmi les meilleurs et les plus beaux.
Il ne fut plus question du mariage d'Esther.

Dans la soirée, et contrairement aux habitudes de la maison, Esther et Charlotte,

qui avaient eu la même pensée sans se la communiquer, se rencontrèrent dans le jardin, où quelques heures auparavant une conversation les avait réunies déjà. Elles se dirigèrent vers le petit banc où l'ombre des chênes les protégeait et d'où leur voix ne pouvait être entendue. — Commences-tu à comprendre? dit Charlotte, dont le visage pâle apparaissait tout blanc aux clartés de la lune.

— Oui, répondit Esther, et je le regrette.

— Pourquoi? Il faut s'habituer à regarder les choses bien en face et les bien voir telles qu'elles sont, soit qu'on incline du côté de la révolte, soit qu'on penche vers la soumission. La révolte demande une énergie que je n'ai pas; je me suis soumise.

— Tu avais donc une expérience personnelle de l'entretien que je viens d'avoir ?

— Hélas, oui ! Un projet de mariage

3

avorté m'avait laissé le cœur meurtri, et en
cela j'étais plus atteinte que tu ne peux
l'être, puisque, ne connaissant pas celui qui
pensait à toi, tu ne perds rien en le perdant ;
une impatience douloureuse me dévorait. Je
sentais par une première épreuve que je
n'arracherais jamais une parcelle de cette
maigre dot enclavée dans l'enceinte du
Courtil ; notre mère a ses idées là-dessus,
et des idées qu'on a longtemps caressées se
pétrifient et deviennent indestructibles. Une
situation me fut offerte dans une famille
russe que j'avais eu occasion de rencontrer à
Hyères. La femme était aimable, le mari
distingué et bon, les jeunes filles qu'on voulait confier à ma direction charmantes et
gaies, tout me prouvait que j'aurais été accueillie comme une amie de la maison ; de
longs voyages, la vie animée, et dans un
avenir certain l'assurance d'être à l'abri de

toute inquiétude. J'y voyais surtout le
moyen d'échapper au milieu où j'étouffais,
la possibilité de reprendre à l'espoir par
l'oubli.

— Eh bien?

— Et madame d'Équemaure? Mes confidences faites à notre mère, Clotilde fut con-
sultée. Elle se redressa. Cela l'étonnait qu'on
pût songer à quitter le Courtil, où, Hortense
devenant malade, tout le poids de l'adminis-
tration retomberait sur une mère âgée qui
avait usé ses forces à nous soigner. Je n'a-
vais donc pas le sentiment de la reconnaissance? Et puis on n'avait jamais ouï parler
d'une Carnavon en condition. Cela frisait le
scandale. Moi, sa sœur, institutrice ou demoiselle de compagnie! il fallait que je fisse
bien bon marché du nom que je portais pour
descendre jusque-là!.. L'indignation lui faisait monter le rouge au visage. Elle parla

sur ce ton pendant un quart d'heure. Ma
mère hochait la tête en signe d'assentiment.

— Et toi ?

— Moi, j'écoutais. Je ne me croyais ni si
ingrate ni si coupable ; mais devant cette
réprobation générale je cédai. Oh ! je ne
veux pas me faire meilleure que je ne suis.
Ce ne fut pas une pensée de dévouement qui
m'inspira, ce fut surtout un sentiment de
lassitude, une fatigue morale insurmontable.
Une sorte d'usure s'était faite en moi par
une trop longue suite d'espérances avortées,
de légitimes aspirations transformées sous le
souffle desséchant des circonstances en chi-
mères irréalisables... Mon âme découragée
n'avait plus de ressort. — Eh bien ! dis-je,
j'écrirai à la princesse T... qu'elle n'ait plus
à compter sur moi. — Madame d'Équemaure m'embrassa. — A présent je te retrouve, me dit-elle... La place d'une fille

bien née n'est-elle pas sous le toit qui abrite sa mère, son devoir de se dévouer aux siens?

— Madame de Carnavon avait des larmes dans les yeux, et, regardant Clotilde, disait : — C'est un ange du bon Dieu ! — Le lendemain on m'avait mise à la tête de la lingerie.

— Et depuis?

— Depuis j'y suis restée. Je ne pense plus, je couds.

Charlotte étouffa un soupir, et, prenant la main d'Esther entre les siennes : — Il y eut en moi pendant les premiers jours quelques tressaillements comme on en voit sur une chair écorchée, puis cette sensation première s'émoussa, et l'année ne touchait pas encore à son terme que j'en étais arrivée au renoncement.

Elle pressa doucement la main de sa sœur.

— Dieu fasse que tu ne connaisses jamais la

pesanteur de ce mot ! J'en porte le poids, et c'est pour cela que tu me vois toujours pliée sur mon aiguille.

Une ombre de rougeur se répandit sur ses joues ; elle resta un instant silencieuse, puis de nouveau ouvrant ses lèvres décolorées : — Au fond de moi, il y a de l'engourdissement, au-dessus de cet engourdissement de l'indif-férence... Tout glisse. Si tu arrives un jour à l'état où je suis tombée, je te plains;... mais pour réagir, pour lutter, je te l'ai dit, la force me manque.

Esther émue l'entoura de ses bras. Une larme presque aussitôt séchée mouilla les paupières de Charlotte. — Voici la première fois depuis de longs jours que mon cœur bat, dit-elle en se laissant aller dans les bras qui l'entouraient ; un cœur qui bat dans le vide, cela fait mal... Mieux vaut le comprimer jusqu'à l'écrasement.

Des sanglots soulevaient sa poitrine comme
si elle eût vainement essayé d'en étouffer la
violence ; sa force d'inertie semblait vaincue,
et tout ce qu'il y avait en elle d'émotions
contenues débordait ; puis enfin l'apaisement
se fit. Bientôt elle écarta Esther par un mouvement d'une douceur extrême, et, l'ayant
embrassée tendrement, elle rentra dans son
attitude résignée. — Laisse-moi dans cette
mort volontaire qui me permet de ne rien re-
gretter, reprit-elle, on n'accepte qu'à ce
prix.

Toutes deux rentrèrent au Courtil sans
plus parler, Esther oppressée, Charlotte encore palpitante. Le curé était à sa place,
son mouchoir à carreaux sur ses jambes re-
plètes, jouant au piquet avec madame de
Carnavon.

— Vous vous êtes oubliées à causer, mesdemoiselles, dit la mère en jetant sur ses

filles un regard froid par-dessus ses cartes.

— C'est la jeunesse, répondit le curé ; il faut bien un peu de bon temps à cet âge.

Charlotte s'assit devant la nappe d'autel, et, sans répondre, en continua les broderies. Esther se glissa derrière les rideaux, et silencieuse regarda par la fenêtre ouverte. Plus tard, retirée dans sa chambre, et, la porte close, elle sauta sur son livre à serrure :

« J'ai froid jusques au fond des os ! Est-ce vraiment cela qui m'attend?.. J'ai vingt ans,... le feu de la vie bouillonne dans mes veines, et c'est à cette mort lente, à cette mort de tous les jours, que je serai amenée ! mais alors pourquoi ces fleurs, pourquoi ces étoiles, pourquoi cette lumière, pourquoi ces parfums que mes lèvres aspirent, pourquoi ces rayons du matin où je me baigne, pourquoi ce chant du rossignol qui me berce,

pourquoi la jeunesse ?.. Elle m'enivre de
promesses qui ne seraient donc que des men-
songes ! Et que de choses cependant dans la
transparence de cette nuit, dans les senteurs
fraîches de ces herbes trempées de rosée,
dans ce bruit harmonieux de la mer qui
monte dans le silence ! Il s'échappe de toutes
ces merveilles un souffle qui embrase et
gonfle mon cœur... Ah ! rompre avec l'espérance m'est impossible... Je l'ai conservée
dans la solitude, je la conserverai dans l'im-
puissance, et s'il faut qu'un jour elle m'é-
chappe, c'est qu'une blessure m'aura frappée
à laquelle je ne survivrai pas !

» Charlotte ne m'a pas tout dit ;... mais
certaines réticences, des mots échappés à
ma mère dans le mouvement d'une conversation, ses aveux même à peine déguisés,
m'ont fait deviner la vérité navrante. Madame de Carnavon, — hélas ! n'est-ce pas le

3.

nom que je devrais lui donner toujours, —
a quatre filles et un garçon ; elle n'a que deux
enfants, madame d'Équemaure et mon frère
Jacques. Elle est reconnaissante à Clotilde
de ce que tout lui a réussi. Elle est flattée
dans son orgueil de patricienne déchue d'a-
voir une fille riche et baronne, qui va de
pair avec les plus brillantes. On lui doit tout
parce qu'elle a tout. A qui possède le su-
perflu ne faut-il pas l'inutile ? L'autre part
de son amour va à celui qui sera ici dans
quelques jours. Jacques a le nom, et n'est-
ce pas la coutume dans les vieilles familles
du pays qu'on avantage les fils aux dépens
des filles ? Pour que le nom, qui sans lui
s'éteindrait, revive dans des conditions qui
puissent lui rendre une partie de l'éclat
perdu, pourquoi ne serions-nous pas dé-
pouillées? Déjà Hortense a consenti au sa-
crifice, et si j'ai bien compris ma mère, Char-

lotte penche vers une semblable résolution.
Renfermée dans son travail et ses mornes
méditations, un jour elle se laissera pousser
vers le cloître ; elle ne fera que changer de
silence. Ce mot de renoncement, dont elle
désire que je ne mesure pas la profondeur et
ne savoure point l'amertume, et qu'elle a
prononcé tout à l'heure, n'est-il pas comme
le son de la cloche qui annonce qu'une
tombe va s'ouvrir ? Une circonstance se pré-
sentera, — un mariage peut-être, — où, en
l'accablant de flatteries, on obtiendra de
l'opulente Clotilde qu'elle renonce en faveur
de Jacques à sa part dans l'héritage commun.
Il en aura quatre alors en comptant la
sienne. Circonvenue, à bout d'espoir, lasse
d'attendre, à mon tour ne céderai-je pas la
cinquième, la dernière ? A quoi bon d'ailleurs
la défendre, si je n'en tire aucune force, si
cette dot inutile est pareille à ces trésors que

gardait un dragon fabuleux? Ce n'est plus une
chose, c'est un mot! Et mon triste lot sera-
t-il semblable à celui d'Hortense avec son
indifférence plate ou tel que celui de Charlotte, qui s'éteint dans un marasme muet
voisin de la mort?... »

La main d'Esther s'arrêta; elle releva
son front. Une glace posée en face d'elle lui
renvoya son image. Elle vit deux grands
yeux bruns tendres et profonds, doux et lumineux qu'ombrageait une frange de longs
cils; sur un front pur, une forêt de longs
cheveux châtains à reflets d'or dont les ondes
épaisses s'enflaient autour des tempes, un
néz fin aux narines frémissantes, un visage
couvert partout d'une pâleur d'ambre; peut-
être pouvait-on lui reprocher, au point de
vue sculptural, la plénitude des courbes, les
rondeurs grasses du menton et du cou, la
ligne somptueuse des lèvres qui s'entr'ou-

vraient dans un sourire vermeil, mais la tristesse momentanée qui en éteignait les ardeurs et les voilait d'une ombre ne parvenait pas à en effacer la vie débordante.

Elle reprit la plume, et au bas de la page où l'encre séchait à peine : « Ah! rien n'y fait! écrivit-elle; le souffle de la jeunesse me soutient, et malgré le cri de ma raison j'attends encore et toujours j'espère! »

III

On touchait au moment de l'arrivée de Jacques et de son ami. Chaque jour pouvait les amener au Courtil. Un matin, Esther s'était rendue à pied chez l'humble vicaire d'un hameau, à qui elle portait de petites aumônes qu'elle le chargeait de distribuer à de pauvres voisins. Elle aimait ces promenades que madame de Carnavon lui permettait d'entreprendre seule. Qui ne connaissait les hôtes du Courtil à quatre ou cinq lieues à la ronde? Quand elle allait ainsi par la campagne, le long des sentiers tapissés de lavande et de thym, ou à travers champs, avec la légèreté d'une alouette qui court dans le chaume, la tristesse n'avait plus de prise sur

sa jeunesse, elle avait le cœur content et
gai.

Les aumônes faites, et un bout de conversation achevé avec le vicaire, elle avait pris
par le plus long pour revenir. Enfoncée dans
les bois, où l'ombre l'enveloppait de fraîcheur, Esther ralentit sa marche, s'amusant
à cueillir des fleurettes, puis s'arrêtant
comme pour écouter ce que lui disaient ses
pensées. Un homme vint à passer qui boitait
légèrement; il jetait dans un sac qui pendait
sur son épaule des champignons qu'il ramas-
sait dans la mousse. C'était une sorte de
mendiant bien connu dans le pays, qui allait
de ci, de là, couchant dans les granges et
vivant de quelques croûtes de pain qu'on lui
donnait, par crainte plus que par amitié. On
l'appelait *l'homme à la jambe qui traîne*,
et il passait pour jeter des sorts. A son
aspect, la gaieté d'Esther s'envola. — Voilà

le Ronquier, se dit-elle, il m'arrivera quelque malheur aujourd'hui, bien sûr! — L'homme à la jambe qui traîne traversait en ce moment le sentier qu'elle suivait; il la salua. Elle se signa à la dérobée. — Une belle matinée, dit-il, et agréable pour les jolies filles qui cherchent des bouquets; mais il faut prendre garde tout de même : il y a des vipères dans le bois !

Esther prit à travers le fourré sans répondre et se dirigea vers un chemin dont les sinuosités blanches dévalaient au creux d'un vallon, non loin de là. Le soleil commençait à être haut sur l'horizon, la chaleur était venue. Elle avisa une charrette qui, bien abritée d'une tente arrondie sur des cerceaux, filait devant elle. Elle eut bientôt fait de la rejoindre, et le conducteur, qui était des environs, la fit asseoir à l'ombre, sur une botte de paille. — Nous serons au Cour-

til sur le coup de midi, et vous y arriverez
fraîche comme un brugnon, dit-il.

Le voisin, tout en parlant, s'était assis sur
le brancard, jambes pendantes, et le cheval,
émoustillé par une caresse du fouet, prit une
allure plus vive.

Un jeune homme parut en ce moment sur
un sentier de chèvre tracé au flanc de la colline au bas de laquelle passait la route. Le
soleil frappait d'aplomb sur les rochers nus,
et l'air embrasé par tous les feux du ciel des-
séchait les lèvres qui le respiraient. Le
voyageur jeta un regard d'envie sur la
charrette, vers laquelle sa marche oblique
le dirigeait. De la place qu'il occupait, il
apercevait le bord d'une robe de toile à
bouquets de fleurs bleues et deux bottines
qui luisaient au soleil ; ses regards s'arrêtaient avec complaisance sur les deux petits
pieds que l'ombre de la tente ne protégeait

pas. Bravement exposés à la lumière, ils avaient l'air jeune. Coquettement couchés l'un à côté de l'autre, ils étaient parfois immobiles comme s'ils eussent voulu faire admirer leur fine cambrure et la grâce de leurs formes élégantes, et parfois ils frétillaient comme s'ils avaient été pris par une envie subite de danser. L'inconnu, qui trottait à travers les ronces, tout en lorgnant du coin de l'œil, avait grande hâte d'atteindre la charrette avant qu'elle eût tourné l'angle de la colline. Il y parvint au moment précis où le cheval, qui secouait gaiement les grosses boules de laine rouge suspendues à son collier, présentait sa tête au détour du chemin.

— Eh ! l'ami ! cria-t-il au conducteur, qui faisait claquer son fouet.

Esther pencha la tête hors de son abri et montra son joli visage à la vive lumière du

jour ; c'était ce que le voyageur espérait. Le
traître ôta lestement son chapeau, et d'un
air de politesse : — Pardon. mademoiselle,
s'écria-t-il, je ne vous avais point aper-
çue.

— Qu'y a-t-il pour votre service, monsieur ?

— J'ose à peine à présent le demander...
Je suis étranger, j'ai perdu mon chemin,
et la fatigue commence à se faire sentir.

— C'est-à-dire que vous ne seriez point
fâché de faire un bout de chemin en voiture ?

— Si le chemin que vous suivez mène au
Courtil, je l'avoue.

— J'y vais moi-même.

La charrette venait de s'arrêter, comme si
le bon gros cheval qui la traînait eût compris
de lui-même de quoi il s'agissait ; le mouvement de la personne qui souriait sous son om-

brelle indiquait au piéton qu'il pouvait monter ; il sauta prestement sur le marchepied
et sauta sur la botte de paille, tête nue ; le
vent qui le frappait au visage le rafraîchis-
sait. — Il fait bon ici, dit-il, on irait ainsi
jusqu'au bout du monde.

Esther examinait son compagnon à la dérobée. Il était jeune, d'une physionomie avenante, avec des yeux qui riaient malgré un
certain air de souffrance. Son frère lui avait
parlé d'un ami qu'il amenait. Si c'était lui ?
mais alors Jacques ne pouvait être loin. Elle
regarda rapidement de tous côtés, la colline
et le vallon étaient déserts. — C'est impossible ! pensa-t-elle, par quelle aventure Jacques arriverait-il à pied et seul ?

Soudain, à la sortie d'un creux, derrière
un amas de rochers qui s'avançaient comme
un cap sur un champ de vigne et d'oliviers,
on vit la mer étincelante, qui semblait rou-

ler des diamants en fusion dans ses lames.
Une aigrette de palmiers perdus dans l'azur
frissonnait au sommet d'une pointe d'où, par
longues files, des bouquets de pins parasols
descendaient vers le rivage. Une lumière
éclatante inondait l'espace. — Mon Dieu!
que c'est beau! s'écria le voyageur, et ce
ciel est-il pur, est-il bleu!

— Si pur et si bleu qu'on regrette parfois
de n'y point voir de nuages.

Étonné, il regarda sa voisine : —Eh! mademoiselle, je suis d'un métier où l'on rencontre des nuages plus qu'on ne veut, et
ils ne sont pas toujours d'une humeur plai-
sante!

— Marin, peut-être?

— Justement.

M. Raoul de Mauplas, l'ami de Jacques,
n'était-il pas enseigne de vaisseau? Esther
allait l'interroger; le voyageur ne lui en

laissa pas le temps. — Un marin qui trotte à pied, ce n'est pas l'usage, reprit-il, c'est une sotte aventure qui en est cause. Un ami que j'accompagne ne s'est-il pas avisé, à peine hors du wagon qui nous a déposés à quelques kilomètres d'ici, de me planter là et de s'enfuir dans les terres pour rendre visite à un bon vieux curé qui a été son premier maître ! — Va toujours droit devant toi, me dit-il, dans une demi-heure je t'aurai rattrapé. Il me quitte là-dessus et je pars Il faut croire que je n'ai pas toujours suivi la ligne droite, ou que les lignes de ce pays s'allongent en zigzags. Au bout d'une heure, et marchant toujours, je me trouve en plein désert, des collines et des bois ; personne à l'horizon. C'est alors que j'ai entendu le grincement des roues de cette charrette sur le chemin ; ç'a été pour moi le salut.

Il n'en fallait plus douter, c'était bien le

jeune homme à qui les médecins avaient recommandé l'air du midi ; Jacques était certainement au Courtil. Désireuse de le rejoindre au plus vite, Esther pria leur conducteur de presser l'allure du cheval qui prit
le grand trot.

— Si vous allez au Courtil, c'est qu'appa-
remment vous connaissez ceux qui l'habi-
tent? reprit le marin. Moi, c'est ma première
visite, et, tout bas je vous en ferai l'aveu...
j'ai un peu peur.

— Pourquoi?

— Comprenez donc, mademoiselle, une
maison où il y a quatre femmes qu'on n'a jamais vues, une mère et trois filles;... c'est
terrible.

— Mais vous portez l'épée, vous êtes
brave, et vous vous êtes risqué...

— Vous riez, mais je vous jure que je ne
suis pas rassuré du tout. Comment faire

pour plaire à tout ce monde?... Ce qui me
tranquillise à demi, c'est que j'arrive sous
l'égide d'un fils et d'un frère qu'on adore.

— Ah ! oui, dit Esther.

La charrette du voisin s'arrêta subitement. On était à l'entrée d'une avenue de
vieux arbres entre lesquels poussaient pêle-
mêle des buissons de toute sorte, où l'aubé-
pine et l'arbousier confondaient leur feuillage. — C'est ici, dit Esther en sautant
légèrement à terre. — Ses petits pieds re-
bondirent sur le gazon sans y laisser de
trace, et, saluant leur conducteur d'un
grand merci et d'un sourire, elle invita le
jeune marin à la suivre. Elle ne marchait
pas, elle volait. Bientôt elle se jeta en plein
taillis, gagna un sentier qui filait à travers
les noisetiers, les lilas et les houx, et poussa
droit devant elle d'un pas rapide et dégagé.

— Mais vraiment, mademoiselle, on dirait

que vous êtes chez vous ! s'écria le marin,
que le vent des rameaux écartés par sa
course fouettait au passage.

— Je crois bien que oui, monsieur de
Mauplas, répondit-elle gaîment.

Un grand bruit de voix joyeuses arriva
jusqu'à eux à travers un rideau de verdure ;
Esther en fendit d'un élan l'obstacle léger et
parut dans la cour, où toute la famille s'empressait autour de Jacques, à peine descendu
d'une méchante carriole qu'on voyait dans
un coin. — Jacques ! cria Esther. Il se retourna, et elle se trouva dans ses bras.

— Enfin ! dit-il en lui rendant ses bai-
sers coup sur coup.

Il aperçut Raoul, qui osait à peine s'a-
vancer. — Ah ! te voilà ! cria-t-il, par où
diable as-tu passé? Tu peux te vanter de
m'avoir fait courir. — Et, sans attendre une
explication, le prenant par la main : —

4

Petite sœur, mon ami Raoul de Mauplas, dit-il en le lui présentant.

— Je sais, murmura-t-elle; j'ai recueilli M. de Mauplas chemin faisant; la connaissance est faite.

Madame de Carnavon avait des larmes dans les yeux en contemplant son fils. Il lui paraissait plus grand, plus fort, plus beau surtout. — Tu nous restes longtemps, très-longtemps? reprit-elle en l'attirant de nouveau sur son cœur.

— Le plus longtemps que je pourrai. D'abord mon ami a besoin de reprendre des forces; il lui faut de grands soins. Je vous le confie.

— Nous le garderons pour te garder, répondit madame de Carnavon. La chambre de M. de Mauplas est auprès de la tienne, ce qui fait que vous ne vous quitterez pas, et il me semblera que j'ai deux fils.

— Elle sait donc être mère quand elle veut ? pensa Esther.

Ces traces de souffrance se voyaient encore sur le visage du marin, qui à la dérobée examinait toute la famille. Lorsqu'ils en avaient fait le tour, ses regards se reportaient sur celle des trois sœurs qui l'avait tiré d'embarras. Esther avait dans la physionomie un rayonnement de gaîté qui l'attirait. Les petits pieds qu'il avait aperçus dans un rayon de soleil lui trottaient dans l'esprit. Esther, qui le voyait sans le regarder, remarqua la pâleur de son front et se rappela qu'il avait été blessé ; elle devint sérieuse. Hortense, qui avait disparu depuis un instant, revint tout à coup, et d'une voix qui dominait le murmure des conversations cria : Le déjeuner est servi !

— Tu parles comme Minerve ! répliqua Jacques. Je meurs de faim. — Et, prenant

Esther par la taille, il l'entraîna vers la maison en courant.

Dès la fin de cette première journée, la glace était rompue entre les hôtes du Courtil. La réserve même de madame de Carnavon n'avait pas tenu contre la belle humeur de M. de Mauplas, en qui s'épanouissaient toute la séve et toutes les séductions d'une jeunesse exubérante à peine voilée par un reste de fatigue qui en augmentait le charme. Le frère et les sœurs avaient fait la visite de la maison et le tour du jardin en se racontant mille histoires qui soulevaient des fusées d'éclats de rire et où revenaient sans cesse ces trois jolis mots si doux : te rappelles-tu ! .. Raoul, qui ne perdait pas un mot de ces confidences rétrospectives baignées de toutes les fraîcheurs de l'enfance, entrait ainsi dans l'intimité de la famille. Les souvenirs s'envolaient de tous les arbres et de tous les buissons comme des nichées d'oiseaux jaseurs. Des sourires erraient sur les lèvres blanches de Charlotte, madame de Carnavon écoutait son fils, et l'attendrissement donnait à son visage l'expression de la bonté. Elle ne se ressemblait plus.

Quelques jours après son arrivée, la nuit surprenait Raoul devant une table, à l'heure même où si souvent Esther ouvrait son livre à serrure, et sa plume courait sur le papier.

« Qu'ai-je fait depuis que j'ai quitté Paris, mon vieil ami? Cent lieues à peine, et j'habite un coin de terre où rien ne pénètre de ce qui agite le boulevard. Je suis entré dans cette Thébaïde un jour d'été, vers midi, par un grand soleil qui brillait insolemment au plus haut du ciel. Que cela ressemble peu aux villages et aux cottages des environs de Paris! Une vieille maison couverte de plantes grimpantes en si grande profusion

4.

que feuilles et fleurs semblent monter à l'assaut du toit ; cela s'appelle un château ! Une
baraque tapissée de mousse est dans un coin,
à l'angle d'une cour où vont et viennent,
avec toute l'effronterie d'une liberté qui ne
connaît ni règle ni discipline, des bandes de
canards et de poules entre lesquelles se promènent majestueusement des oies hautaines
et paresseuses. Voilà pour l'extérieur. Le
perron franchi, c'est bien une autre affaire !
On a devant soi un large escalier de pierres
mal dégrossies qui monte tout droit, et tout
en haut, au fond d'un corridor où flotte une
vague odeur de feuilles de roses, s'ouvrent un
grand salon et un autre plus petit, comme un
père et son fils qui se tiennent par la main, où
s'étale contre les murs une collection nom-
breuse de portraits de famille peints au hasard par des artistes inconnus. De belles
dames mignardes et furieusement décolle-

tées font les yeux doux dans le vide. Toutes ont à la main des instruments de musique de formes bizarres, luths, mandolines, guitares, sur lesquels leurs bras mignons promènent des doigts potelés. Leurs regards tendres qui vous poursuivent me font rêver à de belles histoires d'amour oubliées. Quelques vieux meubles en bois doré d'un bon style garnissent ces deux pièces séparées par des portières en lampas cramoisi. Des glaces coupées à cadres fleuris avec trumeaux achèvent de donner un air d'élégance à ces salons, où tout parle de choses mortes. Des parfums d'un autre âge sortent des boiseries; ils m'enivrent doucement.

« Je te vois sourire, et déjà ta voix railleuse me demande : — Et la femme ? — Il y en a quatre, mon ami, mais il n'y en a qu'une, c'est vrai. Est-elle jolie?... Je ne sais; je ne vois que ses yeux. Ah! quels yeux ! Des fleurs lumineuses qui ont toutes les innocences, toutes les flammes, toutes les tendresses... Et gais avec cela, le rire y pétille! Puis tout à coup des pensées viennent qui les assombrissent d'une expression désolée. Ils paraissent si peu faits pour être malheureux que volontiers dans ses moments-là on embrasserait celle qui les possède en lui disant : Mademoiselle, je vous en prie, ne soyez pas triste !

« C'est en effet à une jeune fille que ces yeux appartiennent. Elle a vingt ans, bien que par l'expression de son visage et l'épanouissement de son sourire elle ne paraisse pas en avoir plus de seize. Et il y a des heures cependant où, par je ne sais quel réveil subit de sa pensée, c'est une femme qu'on a devant soi.

« Je l'ai surprise l'autre jour accoudée à la balustrade d'une terrasse d'où la vue domine

un pli de la route qui court de Toulon à
Nice. Par là passent tous ces heureux de la
terre qui cherchent les stations enchantées
de Saint-Raphaël, d'Hyères, de Cannes, de
Monaco, et plus loin l'Italie. C'est le grand
chemin de la jeunesse, de l'amour, du luxe,
de toutes les oisivetés élégantes de la vie.
Ses yeux en voient le mouvement, ses oreilles
en entendent le bruit, et le bruit et le mouvement disparaissent comme ces oiseaux qu'un
souffle du printemps amène pour un jour dans
le ciel du midi. Je me suis approché. Esther a
tressailli et a tourné vers moi un visage où se
réfléchissait comme dans une glace le trouble
intérieur qui la tourmentait. Un coup de
sifflet strident s'est fait entendre suivi d'un
grondement sourd, et j'ai vu passer entre
deux bouquets de pins le panache de vapeur
blanche d'une locomotive ; des wagons sautaient l'un après l'autre par l'échancrure

ouverte au creux de deux collines. — C'est l'*express* de Nice, dit la voix douce d'Esther.

« — Il me semble plein de voyageurs.

« — Oui, c'est comme cela tous les jours; on dirait un fleuve qui coule... ici nous ne bougeons jamais.

« Un soupir passa sur sa bouche. Il y avait comme des battements d'aile dans ce soupir. Elle a quitté lentement la terrasse. Je n'ai pu m'empêcher de penser à ces hirondelles que des enfants emprisonnent dans des cages, et dont les jolies têtes inquiètes et la gorge haletante se froissent contre d'impitoyables barreaux.

« De nouveau tu souris, et te voilà prêt à me lancer un sarcasme en plein visage. Amoureux? Eh! je voudrais l'être! On n'a pas toujours l'occasion de sentir son cœur battre pour des personnes qui ressemblent à mademoiselle de Carnavon; mais, vois-tu, ce

qui manque au mien comme à tant d'autres,
c'est la naïveté. On n'a plus le loisir d'être
jeune en ce temps-ci. Trop de personnes
aimables cheminent dans tous les mondes de
Paris, et les chansonnettes qu'elles fredon-
nent ne permettent pas d'entendre les ga-
zouillements des rêves qui berçaient les
vingt ans de nos pères. On ne suit plus la
pente du sentiment, tout au plus est-on
fidèle à celle de l'occasion. On scrute, on
analyse ce qu'on éprouve, on en veut connaître le pourquoi et le comment, la cause et
l'effet ; rien de frais, rien de spontané, rien
de candide, tout au plus un désir, une
curiosité. On était hier encore sur les bancs
de l'école, et on se vante d'une expérience
hâtive qui pousse dans l'esprit comme un
champignon dans de la mousse. Que dire de
la fierté d'un oiseau qui se montrerait heureux de ne savoir plus ni chanter, ni voler ?

Et voilà pourquoi je ne suis pas amoureux d'Esther.

« Ah! que je l'aimerais cependant, si le matin de ma vie m'avait laissé plus de jeunesse ; mais le moyen d'être naïf quand on a reçu trois pouces de fer dans le flanc pour une coquette qui n'a pas même attendu votre convalescence pour s'en aller outre frontière égayer sa sensibilité ! On a la rancune de sa duperie. Et cependant il me semble que le bonheur serait facile ici, dans cette nature embaumée, sous ce ciel clément.

« Deux coups secs qu'une pendule a sonnés dans le silence de ma chambre comme un avertissement m'ont appris qu'il se faisait tard... Je laisse là ma plume et mes confidences. Ce n'est pas le sommeil ou la fatigue qui me gagne, c'est l'incertitude de mes pensées. Elles n'ont pas plus de forme et de contour qu'un nuage flottant dans le crépus-

cule d'un ciel gris. Bonsoir. Demain à la
clarté du jour peut-être viendrai-je plus aisément à bout d'en débrouiller l'écheveau... »

Il était impossible que Raoul, malgré
cette absence de naïveté dont il parlait à son
ami, n'éprouvât point l'influence pénétrante
du milieu où le hasard l'avait jeté. Comme
une odeur s'évapore au contact de l'air, ce
parfum de scepticisme et de raillerie dont les
caractères s'imprègnent aisément à Paris
s'usait et disparaissait dans cette vie lumineuse qu'il menait au milieu d'une campagne toute remplie d'une végétation exubérante. Après un petit nombre de jours, Raoul
était déjà sous le charme.

Une chose extraordinaire arriva, qui fit
que la famille de ses hôtes tout entière aban-
donna le Courtil pour vingt-quatre heures.
Un ami de madame de Carnavon, qui demeurait dans une partie écartée du Var, à

5

quelque distance de Draguignan, l'invita, ainsi que tous les siens, à la pêche d'un étang. Madame de Carnavon n'était point accoutumée à ces déplacements qui la faisaient sortir de ses habitudes, et qui étaient une occasion de dépenses contre lesquelles protestait l'économie d'Hortense. Elle céda pour faire plaisir à son fils, à qui elle ne savait rien refuser. Le lendemain de leur arrivée, on se mit en campagne de bonne heure. L'étang qu'il s'agissait de vider était situé dans une plaine inculte dont les ondulations légères couvraient un grand espace semé de bruyères et de pins. Le paysage avait un caractère de mélancolie qui contrastait singulièrement avec la nature ensoleillée et plantureuse qu'on venait de quitter. Pour augmenter encore cette impression de tristesse qui se dégageait de l'aplatissement des rives dont l'ourlet de sable et de joncs

contournait les eaux dormantes de l'étang,
et de l'étendue fauve de cette solitude où le
vent courait avec de longs murmures, un
brouillard léger rampait à la surface du sol
et mêlait au gris du ciel les perspectives
grises de l'horizon. Les arbres faisaient des
taches noires dans la masse flottante de ces
vapeurs dont les draperies balayaient le tapis rouge des bruyères. Une chaussée cô-
toyait le bord de l'étang, plantée de grands
chênes dont la rainure épaisse esquissait une
ombre dans cette brume.

Si la lumière qui tombe à flots d'un ciel
éclatant a sa splendeur, la transparente obscurité des voiles que le brouillard étend sur
la campagne a sa poésie. Elle mêle on ne
sait quelle grâce à l'incertitude des lignes.
Le mouvement de la pêche avait dispersé
tout le monde autour de l'étang ; des barques
y glissaient lentement avec des formes indé-

cises et se perdaient dans un éloignement
vague. Raoul et Esther marchaient à l'é-
cart, ils regardaient partout et peut-être ne
voyaient qu'eux. Un vol de corbeaux s'éleva
d'un champ voisin, sur leur droite, battit de
l'aile lourdement, raya de lignes noires l'o-
pacité du ciel et s'enfonça dans le vide. —
Croyez-vous aux présages? dit Esther, qui
prêtait l'oreille aux croassements rauques
dont le bruit fendait la nue.

M. de Mauplas sourit. — Je crois aux
sympathies subites, dit-il, je crois aux sen-
timents, à tout ce qui fait battre le cœur et
l'agite, mais pourquoi voulez-vous que ma
crédulité prête à certaines manifestations
de la nature, à des bruits, à des mouvements
dont les êtres ou les choses qui les causent
n'ont pas conscience, un sens défini et une
action sur ma destinée?

Esther l'écoutait, la tête à demi penchée.

— Je ne sais pas, reprit-elle, il se peut que
ce soit une faiblesse ou une folie ; j'ai toujours eu l'esprit disposé aux pressentiments,
et c'est ce qui fait qu'une feuille qui tombe
ou le cri d'un oiseau m'incline à la tristesse
ou à la joie. Des riens prennent des propor-
tions étranges quand on vit seule. Ces corbeaux, quand ils se sont envolés, sont partis
sur la droite, ils étaient en nombre impair ;
c'est d'un heureux présage.

— Ainsi il faudra marquer cette journée
d'une pierre blanche ?

— Peut-être !

Parlant ainsi, ils arrivèrent à un endroit
où l'étang enfonçait une langue d'eau dans
l'intérieur des terres. Un bateau se balan-
çait sur le bord, retenu par une corde au
tronc d'un vieux saule. Au loin, sur l'autre
rive, des formes vagues s'agitaient autour
des vannes et des écluses. Un appel joyeux

dans lequel Esther reconnut la voix de son
frère traversa le brouillard. — Voulez-vous
que nous passions? dit Raoul.

Il détacha la barque et y fit entrer mademoiselle de Carnavon. En un instant, ils
furent en pleine eau, une traînée de brume
glissa sur la surface de l'étang et les enveloppa de ses voiles diaphanes. Tout disparut
à leurs yeux. M. de Mauplas ramait doucement, et la barque, qui fendait l'onde sans
bruit, semblait flotter dans un nuage comme
un oiseau, avec un mouvement paresseux
qui la berçait. Quand un souffle de vent dé-
chirait le réseau de vapeur, Esther apercevait par éclaircies la chaussée plantée de
chênes, les grands pins de la rive, des pans
de bruyères, puis de nouveau tout s'effaçait.
Des sarcelles surprises dans leurs nids
d'herbes flottantes s'envolaient à tire-d'aile
et passaient à côté d'eux. Mollement bercée,

Esther ne voyait ni la terre ni le ciel ; le ba=
teau qui la portait était comme un point
dans l'espace, et devant elle souriait un
jeune visage qui la regardait. Elle sourit à
son tour. — On irait ainsi jusqu'au bout du
monde, dit-elle.

Raoul laissa pendre les rames dans le sil-
lage du bateau. — C'est ce que je disais il
y a quelque temps dans cette charrette où
vous m'avez reçu... Écririez-vous ce mot sur
le calepin que voilà ?

— Pourquoi pas ? — Elle tira de sa poche
un petit porte-crayon en or, et sur la page
blanche écrivit et signa de son nom.

— Esther ! répéta Raoul en regardant le
papier... C'est un joli nom, un nom biblique ;
il ne rappelle à l'esprit que des souvenirs
tendres et doux ; il vous va bien.

Mademoiselle de Carnavon écoutait ravie ;
c'étaient moins des paroles qu'elle entendait

que des sons. Il lui semblait qu'elle vivait
dans un rêve. La proue de la barque toucha
le sable de la rive entre deux touffes de joncs.
Elle posa une main fine sur l'épaule de
Raoul, et sauta. Personne n'était plus là. Le
rideau pâle du brouillard s'ouvrit, un rayon
de soleil tomba du ciel et en éclaira les
vagues blanches qui montaient dans l'air at-
tiédi comme de gros paquets de ouate. La
grande nappe grise de l'étang se mit à étinceler par plaques. Esther et M. de Mauplas
marchèrent le long de la plage, allant du
côté où l'on entendait un bruit de voix, mais
sans se hâter. Quelquefois il lui tendait la
main pour l'aider à franchir un ruisseau ou
le talus d'un chemin creux. Elle était heureuse, et promenait ses regards partout
comme si elle eût voulu emporter l'em-
preinte de ce paysage dans un coin secret de
sa mémoire. Tout à coup elle poussa un cri,

et portant la main à sa poche : — Mon crayon! j'ai perdu mon crayon! dit-elle.

Esther fit quelques pas au hasard d'un air effaré, les yeux à terre. — Ne m'accusez pas d'enfantillage, reprit-elle, je tenais beaucoup à ce petit bijou; il m'avait été donné par un vieil ami de la famille, un des seuls êtres qui m'aient aimée... C'est alors qu'il faudrait marquer cette journée d'une pierre noire!

Leurs courses à travers les joncs et les sables du rivage les écartèrent l'un de l'autre. Malgré lui, cette obstination de sa compagne à voir partout des présages avait fini par influencer Raoul ; mais ce qui l'occupait surtout, c'était le chagrin d'Esther qu'il voyait sincère; ce chagrin lui pesait. Soudain son regard fut saisi au vol par l'éclair d'un objet luisant qui brillait au bord d'une flaque d'eau. C'était le crayon perdu!

5.

Il éprouva la sensation d'un homme qui a découvert un trésor. D'une voix gaie, il appela mademoiselle de Carnavon; elle accourut, et il lui fit voir le précieux bijou qu'elle aimait couché sous un brin d'écume qui riait au soleil. Une joie d'enfant parut sur son visage, et ses yeux ravis s'arrêtèrent sur ceux de Raoul. — Êtes-vous contente? lui dit-il.

Il se baissa pour ramasser le crayon, et, le tirant de la flaque d'eau qui était en contre-bas, se trouva à genoux devant elle. Il y resta, et lui tendit le petit objet. Leurs doigts se rencontrèrent, il prit sa main, la garda; troublée, elle la lui laissa. — Esther! s'écria-t-il. — Elle rougit, respirant à peine, puis, faisant un effort, se dégagea et se sauva en courant.

Le marin demeura quelques minutes à la même place, la suivant des yeux, tandis

que les pans de sa robe balayaient la tige
des bruyères. Un flot de jeunesse gonflait
son cœur, et il ne cherchait pas à se rendre
compte de ce qui se passait en lui. Il se leva
bientôt et marcha derrière elle, lentement,
dans ce sentier fleuri que sa course avait
tracé au milieu des lavandes et des bruyères.
Il lui semblait que le doux parfum qui s'en
échappait venait d'elle. Peu d'instans après,
il la rejoignait auprès d'un groupe de pêcheurs qui s'étaient rassemblés autour des
vannes. Jacques était là, les bras nus jusqu'aux coudes et plongeant ses mains dans
l'eau agitée par la fuite des poissons. Esther, les joues en feu, se pressait contre lui
et haletait ; mais c'était moins la rapidité de
sa fuite que l'émotion qui l'oppressait. Un
sourire errait sur ses lèvres qui n'était pas
celui de la tristesse. Raoul se glissa vers
elle ; sans retourner la tête, elle le vit ve-

nir. Quand il fut à son côté, sans qu'elle en
eût conscience, l'expression d'un bonheur
innocent, profond, radieux, se répandit sur
son visage. La présence de son frère lui
donnant du courage, elle leva les yeux sur
M. de Mauplas; s'il ne l'eût pas aimée déjà,
il l'eût adorée en ce moment. Il y avait
comme le don d'une âme dans ce regard.

Un vieux pêcheur qui cherchait dans les
fossés d'écoulement mis à sec les anguilles
et les tanches, pour lesquelles des douzaines
de paniers avaient été préparés, frappa du
pied avec violence à la vue du maigre butin
qu'il retirait de la vase. Misérable pêche !
s'écria-t-il; mais comment en être surpris,
voici l'homme à la jambe qui traîne !

Esther tressaillit et chercha partout. Le
Ronquier passait en effet sur la chaussée, sa
besace sur l'épaule, traînant le pied. Un
instant il s'arrêta, et, s'adressant au groupe

qui s'agitait au bord de l'étang : — Ça ne va
donc pas fort? cria-t-il. Dame ! l'homme
n'est pas fait pour être content tous les jours!

Il s'éloigna lentement, frappant du bout
ferré de son bâton sur les cailloux de la
chaussée. Toute joie s'était effacée du visage d'Esther. Elle se rappela le jour où elle
l'avait rencontré cueillant des champignons
dans ce bois où elle marchait à l'aventure,
peu de minutes avant l'heure où M. de Mauplas s'était présenté devant elle. Par quelle
influence mystérieuse était-il ramené dans
son voisinage en un moment où un flot de
sensations inconnues venait tout à coup de
la pénétrer? Et à défaut de cette influence
contre laquelle sa raison protestait, n'y
avait-il pas une coïncidence au moins étrange
dans cette double rencontre où sa pensée
s'obstinait à voir un présage? Le retour se
fit silencieusement; elle était mal à l'aise, et

cependant eût-il été en son pouvoir de le
faire, elle n'eût rien changé aux instants
qui venaient de s'écouler, et en caressait le
souvenir dans son cœur. Raoul, qui l'obser-
vait, était plein d'une joie intérieure que sa
jeunesse réveillée savourait délicieusement.
En arrivant au sommet d'une côte d'où le
regard, par delà les collines et les champs,
embrassait la mer au loin, la nuit qui était
venue fut tout à coup éclairée par la lune,
qui leva son disque élargi sur la transparence de l'horizon. Sa lumière envahit l'espace et fit tout à coup étinceler les flots, prêtant à l'étendue de ce paysage la magie de
sa clarté flottante. Le char où tous deux
étaient assis sur la première banquette, non
loin d'Hortense assoupie et de Charlotte rêveuse, descendait une pente sur la lisière
d'un bois. Quand on fut au creux d'un vallon, où ce chemin, serré entre deux groupes,

faisait un coude, les yeux de Raoul indi-
quèrent l'endroit où un sentier de chèvre
tracé parmi les rochers et les buissons s'y
perdait, et d'une voix qui avait la douceur
d'un soupir il dit : — C'est là. — Esther
sourit, et ses craintes, le présage et le Ronquier, tout fut oublié.

IV

Les jours n'avaient plus de mesure pour mademoiselle de Carnavon ; tous lui paraissaient radieux dans leur vol quotidien, qui, aux mêmes heures, lui versait les mêmes troubles délicieux et les mêmes joies intimes. Des rencontres, des promenades, des conversations le long des allées bordées de buis du petit jardin, des stations au bord de la mer, où l'on s'attardait sur le sable fin à regarder trembler les étoiles dans l'eau ou palpiter au vent les voiles latines des barques de pêcheurs, en marquaient les étapes. Il ne semblait pas qu'il en pût être de plus heureuses.

Un soir Esther et M. de Mauplas s'étaient

rendus avec toute la famille au sommet
d'une petite colline qui faisait une gibbosité
dans la plaine. Des enfants à grand bruit les
accompagnaient, courant et sautant comme
des chevreaux parmi les broussailles qui en
couvraient les pentes. C'était une époque où
toute la jeunesse du pays s'amusait à célé-
brer une fête locale par des feux allumés sur
les hauteurs. On en voyait qui déjà flam-
baient çà et là. Des voisins, précédés par des
bandes de petits garçons et de petites filles,
s'étaient joints à madame de Carnavon et à
ses filles. Chacun avait choisi une place à sa
guise sur un lit de bruyères que parfumaient les senteurs du thym et de la lavande,
du romarin et du fenouil. A la clarté de cette
nuit splendide et transparente, Esther et
Raoul s'étaient assis l'un à côté de l'autre.
Les étoiles avaient des scintillements de feu ;
des lumières tremblaient au loin dans la

campagne. Cependant les enfants, dirigés par Jacques, avaient réussi à élever sur le point culminant de la colline un gros bûcher de fagots secs, de branches mortes, de vieilles planches, de barriques de goudron défoncées et remplies de pommes de pin, et y avaient mis le feu. Bientôt la flamme jaillit impétueusement de ce monceau de matières résineuses et fit monter vers le ciel un jet de clartés vives qui traçaient un cercle éblouissant dans la nuit. Les garçons se mirent à sauter par-dessus l'énorme brasier croulant avec de grands cris joyeux. On voyait coup sur coup leurs silhouettes noires passer au travers de la flamme rouge, retomber de l'autre côté, puis s'effacer dans l'ombre. Et sans cesse, s'appelant et s'excitant, ils recommençaient.

Étendue sur son lit d'herbes aromatiques, Esther savourait les douceurs de cette nuit

tiède. D'une main distraite, elle arrachait
des tiges de lavande dont l'arome pénétrant
restait à ses doigts. Ses yeux se perdaient
dans les étoiles ; elle échangeait avec Raoul
quelques paroles à demi-voix, lentement.
Les mots avaient pour elle une signification
que la langue ne leur donne pas, une signification en quelque sorte musicale qui s'exprimait par des sons en dehors du sens précis
qu'ils pouvaient avoir et que son cœur entendait. Tout la charmait dans cette heure
enchantée, la vie et la nature, qui l'envelop-
paient de jeunesse et de parfums.

Tout à coup sur sa main elle sentit la chaleur de deux lèvres qui s'y posaient doucement ; un frisson la prit, elle voulut la retirer, mais sa main resta prisonnière entre
deux mains qui la retenaient. Le baiser dont
elle était troublée avait la tendresse et la
douceur d'une prière ; c'était comme une

supplication muette, une adoration. Esther n'eut plus la force de se dérober à cette étreinte et ferma les yeux à demi. Les jeux de la flamme qui dansaient sur l'herbe, les longs reflets rouges qu'elle projetait dans la nuit et qui s'étendaient au loin parmi les ombres noires des collines, le grand silence de l'espace plein de vagues et flottantes rumeurs, tout contribuait à la plonger dans une sorte d'enivrement placide qui avait le charme du rêve. — Que la nuit est belle! dit une voix à son oreille; on voudrait qu'elle ne finît jamais.

— Oh ! non, jamais! répondit-elle si bas qu'elle s'entendait à peine.

Un baiser plus long s'appuya sur sa main. La sensation d'un bonheur intense la pénétra si profondément que des larmes lui vinrent aux yeux. La voix de son frère la tira subitement de cette extase où elle était comme

anéantie. — Le froid vient ; réveille-toi,
belle endormie, cria-t-il en s'approchant.

Réveillée, non pas du sommeil, mais de
l'ivresse, Esther se leva tout éperdue.

Quelques voisins s'arrêtèrent au Courtil.
Hortense alluma une douzaine de bougies
qui dormaient dans leurs vieilles bobèches à
pendeloques ; les deux petits salons où s'éta-
laient les portraits de famille prirent un air
de fête, et madame de Carnavon ordonna
qu'on servît le thé. Esther allait de ci de là,
versant le liquide brûlant dans les tasses.
Des pâleurs et des rougeurs subites passaient sur son visage, et sa main mal assu-
rée faisait tinter le goulot de l'antique théière
contre la porcelaine. — Qu'as-tu donc ce
soir ? es-tu malade? lui demanda Hortense.

— Moi ! au contraire, répliqua-t-elle
étourdiment.

Elle rencontra les yeux de Raoul et sen-

tit que tout tournait autour d'elle. Quand
elle remonta dans sa chambre, ses jambes
ne la portaient plus ; elle croyait à toute seconde que la respiration allait lui manquer.
Elle tomba à genoux, et les mains jointes,
cria : — Mon Dieu ! mon Dieu ! — C'était
un ravissement, et si la mort l'eût prise en
ce moment, elle eût été contente.

Un instant après, elle était devant son
livre à serrure et sa plume glissait sur le
papier.

« Il y a des heures où l'on est si profondément heureuse que le cœur déborde et
qu'on a des envies de pleurer. Ah! ce 15
juillet... voilà une date que je me rappelle-
rai. On dirait qu'un sillon de lumière a tra-
versé ma vie. C'est donc vrai ce que Blanche
m'écrivait? Il y a des bonheurs qui rendent
fou, et ces bonheurs nous viennent d'un autre.

» Des riens remplissent ma vie et lui suffisent... L'autre soir, j'étais accoudée à la balustrade d'une petite terrasse d'où la vue s'étend au loin. Il était auprès de moi. Je ne sais ce qu'il me disait. Je regardais un ver luisant qui brillait comme une émeraude sur un brin d'herbe. Un convoi vint à passer, faisant flotter son panache de fumée et traînant après lui son tonnerre. Je me rappelai avec étonnement qu'autrefois j'avais toujours envie de le suivre : pourquoi tant d'agitation, et que va-t-on chercher au loin qu'on ne puisse trouver à côté de soi?

» L'autre jour, nous revenions d'une course où Jacques nous avait entraînés. J'avais à la main une gerbe de fleurs des champs ramassées un peu partout ; mes cheveux, dérangés par l'ardeur de cette marche à travers bois et vallons, flottaient en désordre sur mes épaules, où pendait un chapeau de paille retenu par un bout de ruban. Au dé-

tour d'une allée, à deux pas du Courtil, ma
sœur Charlotte vient à moi, pose sa main
amaigrie et pâle sur mon bras, me regarde
et dit : — Pauvre petite ! — Ce fut tout. Elle
passa, me laissant tout interdite. Pourquoi
pauvre petite ? que veut-elle dire par là ?
qu'ai-je à redouter ? Elle m'a gâté mon bonheur... La moitié de ma gerbe s'est répan-
due sur mes pieds. Mes mains en effeuil-
laient le reste tristement lorsqu'un tourbillon
de notes a éclaté au-dessus de ma tête. C'é-
tait comme un torrent de sons joyeux qui
sautaient par la fenêtre en cascade. J'ai
franchi l'escalier d'un seul élan. M. de Mauplas était devant le piano, jouant une valse
endiablée qui eût fait bondir un cercle de
douairières. J'ai pris ma sœur Hortense par
la taille et j'ai valsé avec elle, malgré elle ;
son chien, effaré, jappait autour de nous, et
moi, je tournais toujours, balayant de mes

cheveux au passage le visage du pianiste.
— Es-tu folle ! m'a dit Hortense, qui a fini
par tomber épuisée dans un fauteuil. —
Folle, je le crois bien !

» Je ne sais comment finira ce roman...
Il est clair que, si M. de Mauplas m'aime, il
ne peut avoir qu'un seul désir : passer sa vie
avec moi. Ma mère cette fois sera-t-elle plus
accommodante? Je prévois des luttes qu'il
me faudra subir; mais, j'y suis déterminée,
je ne céderai pas comme ma sœur Charlotte.
Je combattrai pour moi, pour lui, et rien
ne me fera plier. Il me semble, est-ce une
illusion? que j'ai surpris dans les yeux de
madame de Carnavon une nuance d'attendrissement. Elle n'a plus cette même austé-
rité froide d'autrefois; elle me regarde avec
plus de douceur. Aurait-elle deviné, et con-
sentirait-elle déjà au fond de son cœur? Mon
Dieu! si c'était vrai, aucun obstacle ne me

6

séparerait plus de ce bonheur, que Blanche
a connu... »

L'intensité de la vie d'Esther se traduisait
alors par la quantité des pages qu'elle noir-
cissait. Elle avait cent choses à se dire qu'elle
se racontait le soir, et c'était une manière de
repasser encore par les sentiers qui l'avaient
le plus charmée.

M. de Mauplas, de son côté, ne se faisait pas
faute d'écrire, et l'ami qu'il avait laissé en
congé à Paris était bombardé de lettres où
les confidences remplissaient quatre pages de
caractères serrés, menus. M. de Baurepert,
de quelques années plus âgé que Raoul et
un peu son parent, servait dans la même
arme, où la supériorité de son grade et son
expérience lui donnaient sur le jeune enseigne, qu'en riant il appelait son filleul,
l'autorité d'un tuteur, mais une autorité mi-
tigée par l'esprit et la familiarité. Un matin,

et au plus fort de cette expansion sans cesse
renouvelée, le facteur rural remit à M. de
Mauplas une lettre ainsi conçue :

« Il ne te manque, mon cher Raoul, que
de mettre des rimes à ta correspondance
pour en faire des pastorales. Il s'en dégage
une odeur de foin coupé. Ce ne sont que
chants d'oiseau, murmures de la brise dans
le feuillage, et clairs de lune qu'on n'est
point accoutumé à trouver sous la plume
d'un marin. A te dire franchement les
choses, tu me parais tombé dans un guêpier.
Tu es couché en joue par deux beaux yeux
qui veulent faire de toi, mon garçon, un
mari, ce qui est terrible, et, ce qui est pis
encore, un homme de terre ferme ; mais,
grâce au ciel, je suis là, et je ne permetîrai
pas qu'on t'assassine. Mon congé expire
dans une semaine. Vingt-quatre heures après
je suis à Toulon. — Le lendemain, je tombe

au Courtil, et, si je ne me suis pas trompé,
gare au branle-bas ! Tu verras alors de quel
bois se chauffe un capitaine de frégate qui a
l'honneur et la surprise de compter un poëte
dans sa famille. Dussé-je appeler tout l'é-
quipage de l'*Aréthuse* à mon aide, je t'en-
lève et je t'embarque... »

Les plaisanteries venaient après les menaces ; il y en avait deux ou trois pages sur
ce ton, mêlées de remontrances et d'objur-
gations. La lettre lue, Raoul la mit dans sa
poche et courut rejoindre mademoiselle de
Carnavon, qui était en promenade avec
Jacques chez un voisin.

V

A peu de jours de là, tout le pays était en mouvement pour le dépiquage du blé ; de toutes parts la moisson dorée était étendue sur l'aire, au plein soleil de l'été. C'est un temps de fêtes, où l'on se visite et où les soirées se passent à sauter sur la paille foulée par les pieds des mulets qui tournent en rond. Les enfants grimpent sur les meules et se culbutent à grands cris, les jeunes filles sautent sur quelque coin de terre battue, bien déblayée, et si la nuit surprend tout ce monde à la belle étoile, en pleine gaieté, quelquefois on prolonge la veillée bien après l'heure du sommeil.

A la prière de Jacques, un petit bal avait

6.

été improvisé sur l'aire voisine du Courtil.
Il menait la valse avec Raoul, tandis que les
enfants, accourus de tous les côtés, faisaient
des montagnes de paille et s'y roulaient. Un
moment vint où la fatigue dispersa la compagnie. Comme les perles d'un collier qui
s'égrène, les danseuses, une à une, s'éloignaient, et la farandole dénouée se rompait
en chaînons épars qui s'effaçaient dans
l'ombre. Çà et là, des jeunes filles prises par
le sommeil se couchaient sur la paille, ou,
immobiles, elles faisaient des taches noires
sur le fond jaune de la moisson. Esther,
lasse comme elles, s'était assise sur des gerbes et, s'inclinant, s'était fait un oreiller
d'épis sur lesquels sa tête reposait. Bientôt
assoupie par la chaleur d'une nuit d'été sans
vent, elle ferma les yeux. Raoul, qui la regardait, comprit, à la respiration égale et
douce qui soulevait sa poitrine, qu'elle s'é-

tait endormie. Il prit une mante légère faite
d'une étoffe algérienne et l'étendit au-dessus de son front, attachée à quatre bâtons.
Placé à son côté et la couvant d'une muette
adoration, il veillait sur son repos. Madame
de Carnavon causait à l'écart avec un gros
propriétaire du voisinage. Hortense allait et
venait dans la transparence de la nuit, ra-
massant les épis encore pleins chassés de
l'aire par le trot des mulets. Charlotte, les
mains croisées sur ses genoux, promenait ses
regards tristes au hasard dans l'espace, et
les arrêtait quelquefois sur l'abri mobile qui
protégeait sa sœur. Quelques rires confus
éclataient dans l'ombre et marquaient la
place où des garçons étaient tombés pêle-
mêle. Une heure se passa dans ce silence à
peine interrompu par le chuchotement des
feuilles caressées par les haleines de la nuit.
Tout à coup Esther s'éveilla, et son premier

regard rencontra deux yeux passionnés et lumineux qui la contemplaient. Encore prise à demi par le sommeil, elle ne pouvait détourner ses regards des yeux qui brillaient entre elle et le ciel. Elle en était fascinée. Un sourire dont elle n'avait pas conscience éclaira son visage. Il lui semblait qu'elle vivait d'une vie immatérielle, et que son âme flottait dans l'éther rempli de rayonnements. Quant à Raoul, dont le visage lui apparaissait dans une ombre claire, il avait pour elle tout le charme d'une vision. — Savez-vous que je vous aime ? lui dit-il en se penchant vers elle doucement.

— Oui, je le sais, répondit-elle.

Elle sentit passer un souffle sur sa bouche et ferma les yeux. Si en ce moment il lui avait dit : — Levez-vous et suivez-moi, — elle se serait levée et l'aurait suivi.

Lorsqu'elle prit le chemin du Courtil, ac-

compagnée de Hortense et de Charlotte,
Esther marchait la dernière, lentement, heureuse d'avoir à son côté quelqu'un qui dispo-
sait de sa vie et de son cœur.

Si Jacques avait été moins occupé de
pêche et de chasse, il aurait pu la surprendre le lendemain, errant avec M. de Mauplas sur la lisière d'un bois dont les derniers
arbres faisaient un panache verdoyant à
l'extrémité d'un promontoire voisin. Une
confiance sans bornes était née de cet amour,
et s'épanchait du cœur d'Esther comme l'eau
pure d'une source ouverte par un coup de
sonde. Elle lui parlait de son enfance aus-
tère, qui s'était écoulée dans un couvent,
près de La Ciotat, et d'où sa mère, tout habillée de noir, l'avait tirée à l'âge de qua-
torze ans. Le père était mort, et l'on vivait
sur le Courtil. Le travail toujours, et jamais
de ces caresses dont l'adolescence a soif. On

ne voyait personne. Elle avait compris va-
guement, dès la seconde année, que dans
cet intérieur morne il fallait mourir ou se
dessécher. Hortense avait pris le parti de
rester insensible à tout; Charlotte s'en allait
vers la mort; mais elle s'était cramponnée
à la vie et luttait. — C'est bien triste, allez,
bien sévère, ajouta-t-elle, et j'ai passé bien
des nuits blanches malgré ma jeunesse; j'attendais je ne sais quoi, et j'attendais toujours. J'étais comme cette princesse des
contes de fée qui, dans sa détresse, criait :
Sœur Anne, ma sœur Anne, ne vois-tu rien
venir ? Et pendant des années, je n'ai rien
vu ! A présent je n'attends plus. J'ai une
sœur qu'un jour vous connaîtrez, madame la
baronne d'Équemaure; elle est à Cannes.
Elle a tout à profusion, la fortune, les ami-
tiés, les belles choses, des voitures, des chevaux, et jolie comme un ange avec cela.

Elle est si heureuse qu'elle n'a pas le temps de penser aux autres. Je n'ai pu quelquefois, en songeant à elle, me défendre du péché d'envie. Que devenir entre une mère qui oublie qu'elle a trois filles encore à côté de cette fille préférée? Seule le matin, seule le soir, seule toujours ! Ce qui. m'a soutenue, c'est un ami, un livre auquel je disais tout ; sans lui, je serais tombée.

Esther parla ainsi jusqu'au bout de leur promenade, mêlant tous ses souvenirs, et ne voulant rien garder de ce qui avait été dans son cœur, comme si c'eût été un bien qui appartenait à Raoul et qu'elle était tenue de lui rendre. Quand elle fut à l'extrémité du promontoire, en face de la mer, elle s'arrêta sous l'ombre mouvante des pins.

— A présent vous savez tout, dit-elle.

— Si vous croyez que je vous écoute, je.

vous regarde et je vous admire, répondit Raoul.

— Eh ! dit une voix dure et lente qui partait de la lisière du bois, il y a là quelqu'un qui s'essouffle à courir après vous et qui vous hèle.

Mademoiselle de Carnavon se retourna vivement et aperçut le Ronquier, qui, son bâton à la main, se frayait un passage parmi les buissons. — Ah ! l'homme à la jambe qui traîne ! fit-elle.

Un homme qui courait apparut derrière lui et apprit à M. de Mauplas qu'un étranger était au Courtil qui l'attendait. — Il a dit qu'il s'appelait M. de Baurepert et que vous le connaissiez.

— Je le crois bien, c'est mon ami ! s'écria Raoul, qui déjà tournait les talons.

— Est-ce qu'il vient pour vous emmener ? demanda Esther.

— Quelle folie !

Elle hâta le pas pour le suivre, évitant de
regarder du côté où marchait le Ronquier.

— Comme il est pressé, se disait-elle ; nous
étions si bien ici cependant !

C'était en effet le tuteur de M. de Mauplas qu'un convoi pris à Toulon venait de
jeter au Courtil, où madame de Carnavon
l'avait reçu. Il dîna au logis et fut invité à y
coucher. Il passa la soirée à tout observer,
en homme qui veut tout voir et tout comprendre. Esther avait les timidités inquiètes
d'une personne qui pressent un danger.
Effarouchée à la vue de ce capitaine qui
avait le regard clair et la réplique prompte,
elle se déroba à la conversation. Vers minuit, et sous prétexte de fumer un cigare au
grand air, il prit Raoul à part et se trouva
bientôt avec lui dans la campagne. — Te
souviens-tu de ce que je t'écrivais dernière-

7

ment? dit-il tout en lançant une spirale de
fumée dans l'espace.

— Parfaitement, répondit Raoul.

— Eh bien! ce qui n'était chez moi qu'un
pressentiment est aujourd'hui une convic-
tion. Tu es dans la nasse, mon garçon!

— Comment l'entends-tu?

— Cela s'entend de reste. Je croyais ne
trouver ici qu'une petite provinciale, assez
bien tournée, avec de jolis yeux et le teint
frais d'une écolière, et c'est une charmante fille que je rencontre, faite à ravir,
élégante, avec quelque chose de fin et d'at-
trayant qui forcerait à la remarquer entre
mille...

— Eh bien?

— C'est bien pis! Avec la première, ce
n'était qu'une amourette dont tu courrais le
risque; avec l'autre, c'est un amour, et de
l'amour au mariage il n'y a que la distance

qui sépare une imprudence d'une folie, un accident d'une catastrophe.

— Il serait donc bien malheureux, à ton sens, l'homme qui épouserait mademoiselle de Carnavon ?

— Tu me fais trembler ! Tu es comme un voyageur qui regarde au fond d'un abîme et que le vertige attire. Vas-tu donner ta démission et vivre au Courtil ? Fort bien ! T'imagines-tu par hasard qu'avec Esther tu n'auras qu'une femme ? Tu épouseras la mère, mon ami, et avec la mère les deux sœurs, toute une famille. Tu feras les commissions de l'une et dévideras les écheveaux de l'autre. Tu auras soixante ans avant six mois... Il poussera de la mousse tout autour de toi !..

— Mais...

— Ne m'interromps pas ! Vas-tu au contraire reprendre la mer, battre les océans

du nord au sud et du ponant à l'orient et
laisser madame de Mauplas au rivage, sans
autre protection que sa jeunesse et sa beauté?
Peste ! voilà une confiance qui t'honore, mais
qui frise l'impertinence. Si la rage du mariage te possède, ne saurais-tu trouver une
femme qui, avec moins de séductions, ait
plus de dot? Tes goûts et ta fortune, quatre
ou cinq mille livres de rentes, je crois, en
ont besoin. Le mieux, si tu es vraiment un
homme, un marin, serait de t'en passer.
Donc laisse là ta pastorale, qui a eu ta convalescence et la belle saison pour complices,
et viens me tenir compagnie en attendant
l'heure de mon embarquement. Je prendrai
soin qu'elle sonne bientôt.

Raoul soupira ; il comprenait que sous
une forme brusque M. de Baurepert disait
des choses marquées au coin du bon sens ;
tout en achevant une cigarette à côté de lui,

il tourna les yeux vers le Courtil, dont la façade blanche se voyait derrière le rideau des
arbres. Une lumière tremblait dans l'ombre
et indiquait la place d'une fenêtre qu'il connaissait à l'angle de la maison et où grim-
pait un jasmin d'Espagne. Le capitaine sui-
vit la direction de ce regard et sourit. —
Ah ! oui, reprit-il, la lampe d'Héro, et tu te
souviens du sort de Léandre.

Il y eut un silence. — Viendras-tu à Toulon ? reprit le capitaine.

— Y resteras-tu longtemps ?

— Vas-tu marchander à ton tuteur les
jours que tu lui donnes ?

— Eh bien ! j'irai.

Le lendemain dans la matinée, Esther fut
informée du départ subit de Raoul. Elle devint toute blanche ; l'air de désolation candide qui parut sur son visage bouleversa
M. de Mauplas ; il eut le désir de revenir

sur sa résolution, mais le sourire de raillerie par lequel M. de Baurepert accueillit son
regard suppliant lui fit refouler sa pensée au
fond du cœur. Il chercha cependant à profi-
ter des derniers instants qu'il devait passer
auprès d'Esther pour lui parler secrètement,
et il y réussit. — Votre pâleur me fait mal,
lui dit-il ; doutez-vous de ma sincérité? Tout
ce que je vous ai dit, je le sens ;... mon
cœur ne forme qu'un souhait, celui de vous
appartenir, de pouvoir vous répéter sans
cesse ce qu'un soir vous m'avez permis de
vous avouer. Il y a des choses qu'on ne re-
fuse pas à l'ami qui a veillé sur une adolescence isolée ; mais avant quinze jours il sera
parti,... alors je reviendrai. Vous aurez eu
le temps de voir clair en vous-même, de
consulter madame de Carnavon. Si en arrivant j'aperçois sur votre fenêtre un bouquet
de roses dans un vase, je comprendrai que

quelqu'un m'attend ici, et je monterai l'escalier du Courtil comme on monte à l'assaut.

Les yeux d'Esther se remplissaient de larmes tandis qu'il parlait ainsi, et ses mains tremblantes détachaient une rose de sa tige.

Les jours qui suivirent le départ de l'enseigne de vaisseau furent lents et lourds. Jacques chassait et pêchait. Charlotte brodait, toujours silencieuse, tournant parfois un regard triste et caressant vers Esther, qui rêvait. Chaque matin, elle cueillait un bouquet de roses fraîches qu'elle mettait sur sa fenêtre dans un vase où elles achevaient de s'épanouir. Elle choisissait les plus belles et les plus odorantes et les effleurait d'un baiser tour à tour. Hortense, selon sa coutume, allait et venait par la maison. On n'avait pas revu madame d'Équemaure, on savait seulement qu'elle s'amusait beaucoup à Cannes. — Cela la tuera, disait madame de

Carnavon attendrie. — Les nouvelles de
M. de Mauplas n'arrivaient pas non plus.
Quelques mots seulement écrits à la hâte,
et où il exprimait tous ses remercîments, ap-
prenaient qu'il venait de suivre M. de Baurepert dans une excursion sur le littoral. Les
jours apportaient à Esther un mélange d'espérances et d'inquiétudes dont le livre à
serrure recevait la confidence. L'espoir dominait encore et lui faisait tout accepter,
même l'attente, avec des joies secrètes.

Un soir, au soleil couchant, elle était en
promenade dans une partie sauvage de cette
forêt de l'Esterelle qui court de Toulon à
Cannes dans un pays de collines où se tor-
dent des vallons étroits parsemés de quartiers
de rocs dont les angles et les saillies déchirent la terre. Les touristes qui cherchent la
santé sur cette côte hospitalière en connaissent tous les recoins, comme on connaît le

port de Vénasque à Luchon et le cirque de
Gavarni à Cauterets. Esther, depuis le départ de Raoul, avait repris ses habitudes de
solitaires excursions. Elle allait à pas lents
au revers d'un coteau dont la pente était coupée de bouquets de chênes-liége et de pins
entre lesquels erraient à l'aventure quelques
chèvres. Elle pensait à ce jour lumineux où,
au détour d'un chemin, M. de Mauplas lui
était apparu tout à coup, dans le libre épanouissement de sa jeunesse et de sa gaieté.

En ce moment, elle entendit une voix qui
la fit tressaillir ; ravie, elle tourna la tête du
côté où cette voix s'était fait entendre. Si
c'était lui qui la cherchait? C'était en effet
Raoul qu'elle apercevait à quelque distance
marchant d'un pied léger parmi les buissons
verts. Elle allait courir à lui lorsqu'une
femme parut à l'angle d'un petit bois qu'il
venait d'atteindre, et passa familièrement

7.

son bras sous le sien. Esther reconnut sa
sœur et s'arrêta. Vêtue d'un costume d'é-
toffe claire, un chapeau léger sur la tête
d'où pendait un voile de gaze, des bottines
de cuir fauve aux pieds, une ombrelle à la
main, madame d'Équemaure avait la physionomie éclairée par l'expression du plaisir.
Un froid mortel se répandit dans les veines
d'Esther ; en un instant, elle la détesta. Le
sentier que les deux promeneurs suivaient
au bras l'un de l'autre passait non loin de la
place où elle restait immobile, pétrifiée par
l'étonnement et un vague effroi ; elle se jeta
derrière un massif d'arbres et attendit. Bientôt ils furent en face d'elle. La baronne et
Raoul marchaient à petits pas, comme s'ils
eussent éprouvé à un égal degré le désir de
prolonger leur promenade. Elle souriait et il
écartait avec un soin vigilant les rameaux
qui auraient pu embarrasser sa marche. —

Mais depuis combien de temps se connais-
sent-ils donc? pensa Esther.

— Ainsi vous partez toujours bientôt? dit
Raoul.

— Oui, bientôt.

— Et vous allez?

— Je vous l'ai dit, à Florence d'abord,
puis à Naples. Qui vous empêche d'y
venir?...

Ils passèrent, et Esther n'entendit pas ce
que répondit M. de Mauplas. Elle avait le
cœur serré, elle écarta un pan de verdure
pour les mieux voir. De la même allure paresseuse qu'ils avaient tout à l'heure, ils arrivèrent au pied de la colline ; une calèche
qu'Esther n'avait point encore remarquée vint
à leur rencontre, suivie d'un break habité par
sept ou huit personnes, et d'une cavalcade
qui emplissait le vallon d'un bruit joyeux
d'éclats de rire. — Mais arrivez donc ! leur

cria-t-on de toutes parts, vous avez pris le chemin des écoliers!...

— Rien qui allonge plus que les sentiers qui raccourcissent! dit un cavalier en qui elle reconnut M. de Baurepert.

Sans se presser, Raoul et Clotilde atteignirent la calèche; tout en marchant, l'enseigne de vaisseau avait cueilli un bouquet de fleurs des champs artistement entourées d'une collerette de lavandes et de fougères que nouait un bout de ruban. Il le lui présenta, elle le prit, et il sembla à Esther qu'au moment où il s'emparait de sa main pour l'aider à sauter dans la voiture il l'effleurait d'un baiser.

Le break, la cavalcade et la calèche partirent de compagnie, et tout disparut dans un poudroiement de lumière au milieu duquel palpitaient la gaze flottante des voiles et l'éclat soyeux des ombrelles.

Lorsque Esther sortit de sa cachette, elle avait le cœur plein d'angoisses et les yeux pleins de larmes. Rentrée au Courtil, elle prit prétexte d'une migraine pour se retirer chez elle. Une pensée l'obsédait. M. de Mauplas et madame d'Équemaure ensemble ! Quoi ! ce bonheur d'être avec lui à Clotilde, qui avait tous les bonheurs, et la solitude à elle, qui n'avait rien ! Le poids de cette injustice l'écrasait. Si Raoul l'aimait, comme il le lui avait dit, pourquoi était-il avec une autre ? Une bonne odeur de rose qui entrait dans sa chambre par la fenêtre la tira de sa rêverie douloureuse. Elle leva la tête, et vit partout des pétales flétris que le vent avait arrachés au bouquet qu'elle avait mis dans un vase sur l'appui de cette fenêtre. Qu'importait à présent que les roses fussent effeuillées ? Elle resta à sa place à les regarder, les mains sur ses genoux, immobile.

Quelques jours se passèrent dans ce désenchantement. Elle n'osait interroger son frère. Les fleurs desséchées par le vent et brûlées par le soleil achevaient de mourir dans le vase. A quoi bon les remplacer ? Vers la fin de la semaine, errant à quelques centaines de pas du Courtil, dans un endroit solitaire où ses pieds l'avaient portée à son insu, elle vit venir à elle un petit pâtre qui regardait de tous côtés comme quelqu'un qui ne veut pas être aperçu. Il s'approcha vivement, et tirant de sa poche une lettre : — Voici un papier qu'on m'a dit de vous remettre, dit-il, prenez vite.

— A moi ce papier ?

— Eh ! oui, n'êtes-vous pas mademoiselle de Carnavon, mademoiselle Esther, la plus jeune ?... Oh ! je vous connais bien..., et mes chèvres aussi vous connaissent ! Vous leur donnez du pain quand vous les rencontrez, comme vous donnez des bonbons aux enfants.

Esther tournait et retournait le billet entre ses doigts, le regardait à la dérobée et se sentait rougir. — C'est un grand jeune homme qui me l'a donné pour vous, reprit l'enfant, il a l'air vif et gai... il vous accompagnait un jour que vous m'avez trouvé un pied d'un arbre où je pleurais parce que j'avais perdu une de mes chèvres. — Ne pleure pas, me dit-il, nous allons la chercher ensemble, et, si nous ne la découvrons pas, je te donnerai de quoi en acheter une autre. — Vous comprenez si je me suis mis à courir quand il m'a chargé de cette commission !

Mademoiselle de Carnavon vida son porte-monnaie dans la main du petit berger, qui s'essuyait le front, et s'en alla au plus vite, tenant le papier serré entre ses doigts. Quand elle fut sous le couvert d'un petit bois, elle l'ouvrit, et lut ces quelques mots écrits au crayon : « Je n'attends plus que le départ de mon ami pour retourner où vous êtes... Sitôt que ce soit, ce sera toujours trop tard. Ce que je pensais quand je vous ai quittée, je le pense toujours ; ce que vous étiez alors, l'êtes-vous encore ? Moi, je ne vis que pour vous. »

Peu s'en fallut qu'Esther ne portât ce billet à ses lèvres ; elle reprit sa course et monta dans sa chambre pour le relire encore. — Ah ! mes roses ! s'écria-t-elle tout à coup. — Elle descendit au jardin, en cueillit une botte, les embrassa à pleine bouche et les mit dans le vase.

Le jour même, dans la soirée, madame de Carnavon lui annonça qu'elle avait reçu des nouvelles de M. de Mauplas et qu'il ne tarderait pas à revenir. — Je sais, répondit-elle avec vivacité.

La mère devint sérieuse, et, sous le prétexte d'un ordre à donner, l'emmena dehors. — Je crois que M. de Mauplas t'a remarquée, dit-elle d'une voix grave. Toi-même peut-être songes-tu à l'épouser? Je n'ai rien à dire contre ce jeune homme, qui est bien né et qui a un aimable caractère; mais as-tu bien réfléchi? Un marin, et si jeune! et une fortune modeste qui lui suffit à peine. Je me reproche presque de lui avoir ouvert ma maison.

— Ah! ma mère.

— Oui, je vois bien que ton choix est fait,.... et moi, je tremble.

— Laissez-moi être heureuse, je vous en prie, mon cœur déborde!

Le reflet d'un attendrissement subit adoucit le visage de madame de Carnavon, et quelque chose comme une larme parut dans ses yeux tandis qu'elle recevait sa fille dans ses bras. — Oui, ce que j'étais, je ne le suis plus, dit-elle. Un jour, je t'ai vue à côté de M. de Mauplas ; il te regardait d'un air qui m'a fait penser à Jacques. N'aura-t-il pas ce même regard pour une autre femme quelque jour, lui aussi ? N'attachera-t-il pas le bonheur de sa vie à s'unir à elle indissolublement, et quelle souffrance serait la sienne, quel coup si on la lui refusait ! J'ai reporté les yeux sur toi, émue d'une crainte indéfinissable comme si trop de sévérité devait porter malheur à mon fils bien-aimé. J'ai donc pris la résolution de me rendre à ta prière. — Laisse-moi être heureuse, — m'as-tu dit. Puisses-tu l'être, ma fille, et que Dieu te garde ! Ce n'est pas moi qui tromperai ton espoir !

— Ah ! rien ne le trompera plus maintenant, s'écria Esther, qui cachait son visage rayonnant sur le cœur de sa mère.

A la même heure, et sous le même ciel, mais séparés par quelques lieues de collines et de vallons, M. de Baurepert retenait M. de Mauplas sur le sable ferme et fin d'une plage où le flot indolent allongeait une frange d'écume. A quelques pas du rivage, derrière un rideau de lauriers roses et d'arbres exotiques, on voyait resplendir la façade étincelante d'une villa. Les sons d'une valse d'un rhythme vif s'en échappaient. — Voilà madame d'Équemaure qui nous envoie ses adieux, dit le capitaine. Tu sais qu'elle part demain.

— Je le sais.

— Or c'est à Naples qu'elle va. Moi, c'est dans quatre ou cinq jours que je m'embarque sur l'*Aréthuse*.

— Et c'est vers Naples aussi que tu diriges la proue de ta corvette ?

— Oui, l'Italie d'abord, l'Orient après. Et toi ?

— Moi ? je reste.

— Ah ! oui, le Courtil, toujours le Courtil ! c'est une maladie ! — Il lança un jet de
fumée dans l'air tiède, et, continuant sa promenade au bord du flot : — Ce qui est écrit
est écrit, disent les Arabes, reprit-il. Tu
épouseras mademoiselle Esther de Carnavon,
et tu marcheras dans la vie entre trois ou quatre enfants et de maigres revenus qui te main-
tendront dans une besoigneuse médiocrité,
voisine de la gêne. Tu seras père de famille,
puisque c'est ta vocation, et tout, depuis
l'enfant à la mamelle jusqu'à l'aïeule, pèsera
sur tes épaules à un âge où d'autres ont
pour maîtresses l'indépendance et l'aventure.
Il est vrai qu'à dix pas d'ici je sais une
charmante femme qui ne serait point fâchée
peut-être d'achever à Naples le roman com-
mencé à Cannes. Elle est jolie, élégante
et gaie, avec un grain de coquetterie qui

prend toutes les formes et joue de l'ironie
non moins que de la tristesse. Question de
toilette qui consolide l'harmonie entre l'humeur et les ajustements! On pourrait la re-
trouver au pied du Vésuve et s'y attarder
quelque temps, et des jardins de Sorente, si
elle est envieuse de voyager, passer aux
jardins de Constantinople et de Beyrouth;
mais non! On a poussé des soupirs au clair
de lune et, qui sait? rimé des vers sous l'om-
brage des pins en face de la mer bleue, et l'on
dit adieu à la jeunesse!... D'autres ont rêvé
de glorieuses navigations en lointains pays,
de périlleuses entreprises, de ces choses enfin,
combats ou découvertes, qui mettent l'homme
en présence des seules ambitions qui le relè-
vent dans sa conscience, le devoir à accom·
plir, la mort à braver... Ce langage te surprend dans la bouche d'un marin que tu as
vu ardent au plaisir, peu enclin à se traves-

tir en pédagogue pour courtiser platement
une morale de convention. C'est qu'il me
sourit assez qu'on ait l'amour des belles et
grandes choses avec le goût de celles qui
sont agréables seulement. A mon sens, les
bergeries n'égarent pas moins que les extra-
vagances, et du premier coup, parce qu'on a
rencontré une jolie fille dans un sentier
fleuri, s'embobiner dans le mariage est une
insigne folie. Si donc tu étais mon fils ou
seulement mon frère, je te dirais : Laisse là
ton idylle et pars avec moi. L'horizon est
large, et je sais deux beaux yeux qui te
serviront d'étoiles pour diriger ta course.
Suis la pente de ta jeunesse, qui est bonne
conseillère quand elle t'engage à te réjouir
en attendant l'occasion de faire des choses
utiles et nobles. Le printemps mort, tu jette-
ras l'ancre, si tu veux,... et je t'imiterai, s'il
le faut.

Il s'arrêta pour reprendre haleine après
cette belle homélie, qui lui paraissait sans
réplique, et, frappant sur l'épaule de son
compagnon : — Viendras-tu ? reprit-il.

— Je verrai, répliqua Raoul.

Ils revenaient sur leurs pas, Raoul silen-
cieux, le capitaine fumant toujours, lorsqu'une femme enveloppée d'un fin burnous
de laine blanche leur barra le passage ; un
éclat de rire partit du capuchon qui couvrait
sa tête, et, celle qui le portait l'ayant rejeté
en arrière, le gai visage de madame d'Équemaure parut à leurs yeux. — Oui, c'est moi,
dit-elle avec un soupir ; il m'a pris fantaisie
de vous dire adieu comme si déjà je ne l'a-
vais pas fait. J'ai ri tout à l'heure en vous
tendant la main, mais au fond, je suis plus
triste que vous ne le croyez.

Elle glissa son bras doucement sous celui
de M. de Mauplas. — Je ne sais quelle idée

a eue M. d'Équemaure de me conduire à Naples, reprit-elle ; je vais être bien seule là-bas. Si un ami de France venait m'y surprendre, je crois que je lui sauterais au cou.

— Prenez garde, dit M. de Baurepert, si cette nouvelle se répandait, il y aurait foule !

— La foule, je n'y crois pas, et ce serait trop...

Il parut à M. de Baurepert qu'en prononçant le premier mot de cette phrase, le regard de Clotilde s'était arrêté sur Raoul. Il sourit et s'écarta pour allumer un cigare. On fit quelques pas en silence. Madame d'Équemaure exposait son visage à la brise qui venait de la mer et en aspirait la senteur vive. — Je ne sais, reprit-elle, si le ciel tant vanté de Naples m'offrira des nuits plus belles ; je me contenterais d'en trouver de pareilles.

On arriva ainsi devant la porte de la villa
encore tout illuminée. Madame d'Équemaure ramena le capuchon de son burnous
autour de son visage, et, brusquement, ouvrant la porte du petit jardin qui la séparait de la plage : — Au revoir ! cria-t-elle.

Le capitaine la regarda jusqu'à ce qu'elle
eût disparu sous la voûte du vestibule. —
Est-ce que ton congé n'a pas encore cinq ou
six semaines à courir? dit-il en se tournant
vers Raoul.

— Non, trois mois.

— Peste !

Deux ou trois jours après cette conversation, à l'heure où les hôtes du Courtil sortaient de table après le déjeuner, le facteur
remit une lettre à Jacques. — Ah ! c'est de
mon ami Raoul, dit-il ; certainement il m'annonce son retour.

Esther tendit l'oreille. — Tiens ! c'est le

8

contraire, poursuivit Jacques, qui venait de
rompre le cachet. Raoul part, et il me charge
de toutes ses excuses en regrettant de ne
pouvoir vous faire ses adieux. Il s'embarque
demain à Toulon avec le commandant de
l'*Aréthuse,* qui l'emmène à Naples.

Esther venait de se lever toute droite, les
yeux fixes. Madame de Carnavon marcha
vers elle, et, lui touchant l'épaule de sa
main : — Ferme, ma fille, lui dit-elle ; hélas ! je savais bien que l'obstacle ne vien-
drait pas de moi.

Elle l'embrassa furtivement. — L'heureux coquin! quel voyage ! reprit Jacques,
qui venait de mettre la lettre dans sa poche
et roulait une cigarette, tandis que sa sœur
s'éloignait en chancelant.

Esther s'accrocha à la rampe de l'escalier
pour remonter chez elle ; là ses forces l'aban-
donnèrent, elle tomba dans un fauteuil. Elle

voyait par la fenêtre, par-dessus les roses
fraîches cueillies le matin, le ciel tout bleu
qui brillait, et tout au loin la mer étincelante. Une lumière d'or couvrait tout. —
C'est impossible ! se dit-elle. Jacques se
trompe ; c'est une épreuve, ce soir, demain,
il arrivera. Est-ce que je n'ai pas là, dans
mon tiroir, ce billet où il me le dit ?

Elle l'ouvrit vivement et relut les quelques lignes écrites au crayon. — C'est bien
clair, reprit-elle ; pourquoi mentirait-il ?

Tout à coup elle redescendit et chercha
son frère : il y avait peut-être dans cette
lettre qu'il avait reçue un passage qu'il n'a-
vait pas compris, un mot qui était pour elle.
Sur sa prière faite d'un air d'enjouement,
non sans rire de sa curiosité, Jacques la lui
montra. Elle rentra dans sa chambre accablée, l'espérance morte, le cœur lourd. Point
de phrase oubliée, pas de *post-scriptum*,

rien qu'un adieu. Elle vit les roses sur l'appui de la fenêtre et fondit en larmes.

Esther était depuis quelques minutes plongée dans cet accablement, lorsqu'elle entendit un bruit de pas dans le corridor, et le frôlement d'une robe qui s'approchait discrètement. Elle se leva avec vivacité et plongea son visage dans l'eau fraîche pour faire disparaître les traces des larmes dont son visage était couvert. Presque aussitôt un léger coup fut frappé contre sa porte, et Charlotte parut, un petit calepin de cuir de Russie à la main. — Ne reconnais-tu pas cet objet? dit-elle en le lui présentant ; il me semble qu'il a appartenu à M. de Mauplas.

— Oui, je le crois, répondit Esther, qui avait devant elle ce calepin dont Raoul s'était servi le jour de la pêche à l'étang, où l'as-tu trouvé?

— Dans sa chambre, où il traînait parmi

quelques papiers déchirés. Ces garçons, cela oublie toujours quelque chose.

Charlotte laissa le calepin sur le coin d'une table, et, après avoir embrassé Esther longuement, à deux reprises, se retira silencieusement. La porte de la chambre n'étai pas refermée que déjà Esther avait ouvert l'objet perdu par le marin. A la première page, ses regards tombèrent sur les deux lignes qu'elle avait écrites à sa prière et signées de son nom : « On irait ainsi jusqu'au bout du monde ! » Qu'il avait été court le voyage qu'il avait fait avec elle ! Elle comprit alors pourquoi Charlotte, aux plus beaux jours de ses espérances, en posant sa main amaigrie sur son épaule, avait dit : —
— Pauvre petite ! — Ah ! oui, bien malheureuse, murmura-t-elle.

De nouveau les larmes la gagnèrent, et elle se mit à sangloter.

8.

Dans la soirée, assise devant cette petite table où tant d'heures de sa vie s'étaient écoulées, elle ouvrit son livre à serrure. Les yeux humides, elle en relut les dernières feuilles, écrites dans la fièvre. Quel délire et quelle joie ! Sans bien savoir ce qu'elle faisait, elle prit une plume, et, sous une date nouvelle, acheva la page commencée.

« Ce qui se passe en moi n'a pas de nom... C'est comme si je ne sentais rien. Je revois, tout mon passé, un passé de quelques jours qui se résument en quelques heures ; déjà l'ombre l'envahit, et je pleure ! Je me souviens, je vois la place sur la bruyère, au sommet de la colline, puis sur les gerbes chaudes, dans l'aire où tombait la clarté des étoiles; j'entends sa voix, je regarde ses yeux, ces yeux tendres qu'il avait au bord de l'étang, et des larmes coulent le long de

mes joues... Elles glissent lentement sur
mes doigts comme des gouttes d'eau. Les
rêves que je faisais auprès de lui me suivaient dans mon sommeil. A mon réveil, je
me répétais tout bas ce qu'il m'avait dit ;
mon cœur n'en était jamais rassasié,... et je
pleure... Que s'est-il donc passé ? pourquoi ?
qu'ai-je fait ?... Il avait bien vu que je l'ai-
mais sincèrement et que cet amour était
toute ma vie ! »

Le jour la surprit, pâle, épuisée, écrivant
toujours, les paupières toutes mouillées.
Les bougies achevaient de crépiter dans la
bobèche. Elle déchira une page qui portait
une date et la présenta à la flamme, qui la
mordit. Bientôt elle ouvrit les doigts, et une
pincée de cendres noires où courait un frisson de feu s'en échappa. Un souffle de vent
prit ce qui restait de cette page et l'emporta.

— Je sais à présent, murmura-t-elle, à

quoi il m'a servi d'aimer et pourquoi Charlotte ne lutte plus.

Quand la lumière rose du matin entra
dans sa chambre, elle se jeta tout habillée
sur son lit et s'assoupit. Deux ou trois heures après, une voix la tira brusquement de
son sommeil agité. C'était Jacques qui l'appelait. Elle courut à la fenêtre. — Viens
voir ! lui dit-il.

Elle descendit, et son frère lui montrant
au loin un navire qui filait à toute vapeur,
gagnant la haute mer : — Regarde, reprít-
il, c'est l'*Aréthuse* qui vient de sortir de
Toulon. J'ai lu son nom, avec cette longue-
vue, sur la flamme qui flotte à son grand
mât. Raoul est là-dessus.

Il y avait à quelque distance de la côte une
frégate cuirassée au mouillage qui portait le
pavillon d'un contre-amiral. Soudain, quand
elle fut par le travers de cette frégate, l'*A*-

réthuse se couvrit d'un nuage de fumée dont les vagues blanches coururent sur l'eau, et bientôt après le roulement d'un coup de canon enveloppa le Courtil. — Voilà M. de Baurepert qui salue son amiral, poursuivit Jacques. Que c'est beau, ce bruit du canon, et que voilà une musique qui fait battre le cœur !...

L'*Aréthuse*, laissant derrière elle une traînée de vapeur qui se tordait dans le vent, s'enfonçait dans l'horizon. Jacques en détacha son regard, et du doigt indiquant à sa sœur un lièvre et trois perdrix rouges qu'il avait couchés dans l'herbe : — Voilà ma chasse de ce matin pendant que tu dormais, paresseuse, reprit-il; n'est-ce pas que la vie est gaie ?

— Très-gaie, répondit Esther.

PERCE-NEIGE

I

Vers la fin du mois de janvier, pendant l'une des représentations brillantes que l'hiver de 1873 inaugurait au Théâtre-Français, un mardi, madame de Luzay entra brusquement dans la loge de madame de Crémeil. Il était neuf heures. On donnait *le Chandelier*.

— Je passe et je viens en *primasera* te dire bonjour, dit-elle en s'asseyant... je ne sais pas comment les choses s'arrangent... on ne se voit plus !

— Et tu vas? répondit madame de Crémeil en ramenant sur ses genoux les longs plis de sa robe pour faire place à son amie.

— Au concert à dix heures, au bal à minuit; deux corvées, et chez des Américains encore!...

Tout en parlant, madame de Luzay avait pris une lorgnette et en tournait le bout vers la scène, où le brave capitaine de dragons badinait avec Jacqueline.

— Crois-tu au Clavaroche et au Fortunio, toi? dit-elle tout à coup sans retourner la tête.

— Moi? Pourquoi me demandes-tu cela?

— Je ne sais. Ces histoires qu'on nous raconte au théâtre m'ont toujours paru bien extraordinaires. Un mari d'abord, Clavaroche après et Fortunio par-dessus le marché! Ça fait beaucoup de monde... Où donc les auteurs vont-ils chercher de pareilles invraisemblances? Un mari, l'usage le veut; l'autre, cela se voit, dit-on; mais le troisième! ce n'est pas indispensable, et quelle fatigue... Tu ne dis rien.

— Et que veux-tu que je te dise? Chacun a ses idées là-dessus! M. de Talleyrand n'a-t-il pas dit : Tout arrive!

— Excepté ce qui n'arrive pas... A propos! et M. de Crémeil?

— A la chasse.

— Encore! Et où?

— Je ne sais trop. Dans la Courlande, je crois; à moins que ce ne soit dans la Lithuanie, où il tire des élans.

— C'est une manie!

— Et têtue! Le mois dernier, il était en Écosse à la poursuite du cerf rouge! Il avait passé une partie de l'automne en Irlande, où il faisait un massacre de bécassines; au mois de mars, il songe à rendre visite aux coqs

9

de bruyère dans la forêt Noire... Ce n'est pas un mari que le comte ; c'est un fusil monté sur deux bottes.

— Toujours seule, alors ?

— Presque toujours.

— Pauvre petite !

Un imperceptible sourire passa sur les lèvres de madame de Cremeil.

— Je ne me plains pas, reprit-elle ; on se fait à tout, même à avoir un mari qu'on n'a pas.

La lorgnette que madame de Luzay tenait à la main faisait le tour de la salle.

— Toujours tout Paris, ajouta-t-elle. Ah ! n'est-ce pas M. Léon de Marvoix que je vois là-bas, à l'orchestre ?

— Oui, je crois.

— Mais c'est lui pour sûr ! Il nous salue. Tu le connais beaucoup ? m'a-t-on dit.

— Beaucoup, beaucoup ! comme on connaît cent personnes à Paris.

— C'est ce que je voulais dire... Tiens!
encore un Léon de l'autre côté, M. Léon
de Mareuil... un gentil garçon! et qui
t'aime!

— Lui!

— Fais donc l'hypocrite!... Hier encore,
chez lady Blumfiels, il n'avait d'yeux que
pour toi... comme à présent d'ailleurs...
Ah! la toile se baisse, et il se lève... Je gage
qu'il va venir.

— C'est possible.

Madame de Luzay se renversa dans son
fauteuil.

— Je pense à une chose. Est-ce que ton
chasseur ne s'appelle pas Léon aussi?

— Qui? Perce-neige?

— Oui... Trois Léon autour de toi! Trop
de Léon! Ça ne te gêne pas?

— Non!

— Ce que c'est que l'habitude! Mais dis-

moi, pourquoi ce surnom de *Perce-Neige*
que l'on donne à M. de Crémeil?

— Une idée de ses amis... Cela vient de
ce qu'il adore l'hiver, et qu'on ne voit que
lui à la campagne au temps des brouillards.
Singulier mari, va !

Elle étouffa un léger soupir. En ce moment la porte de la loge s'ouvrit et M. de
Mareuil parut. Il était un peu pâle, comme
un homme qu'une secrète émotion agite.
Madame de Crémeil lui tendit la main; madame de Luzay l'imita, et le nouveau venu
s'assit derrière les deux jeunes femmes,
auprès de la vieille baronne de G..., qui
servait de chaperon à la comtesse, quand
elle allait dans le monde, et qui avait cédé
sa place gracieusement à madame de Luzay.
Une conversation banale s'engagea. On
parla naturellement de la comédie d'Alfred
de Musset. Le regard de madame de Luzay

allait furtivement de M. de Mareuil à M. de
Marvoix, qui était resté à l'orchestre, où il
se tenait debout, les yeux attachés sur les
loges de face, où le joli mouvement des
éventails faisait comme des battements d'ailes. Il avait l'air d'observer M. de Mareuil,
tout en mordillant la pomme de sa canne.
Celui-ci semblait préoccupé; il rougissait,
pâlissait, et d'une main nerveuse tortillait
un gant. Madame de Crémeil riait en montrant ses dents blanches.

— Que vous a fait ce gant? dit tout à
coup madame de Luzay en regardant bien
en face M. de Mareuil.

Il se troubla.

— Mais rien, répliqua-t-il en essayant
de passer le gant à sa main.

— Vous n'y réussissez pas, reprit-elle;
vous n'êtes pas marié cependant, mais vous
les avez si bien tourmentés, ces pauvres

gants, qu'ils me rappellent certains gants
verts dont ce même poëte dont nous venons
d'écouter la prose, a raconté l'histoire dans
un de ses proverbes. Vous souvient-il de la
triste mine qu'ils faisaient?

M. de Mareuil acheva de perdre conte-
nance.

— Quand je te le disais? murmura madame de Luzay en se penchant à l'oreille de
son amie.

— Tu es folle!

Madame de Crémeil, qui badinait avec
son éventail, s'inclina sur le rebord de la
loge, où un instant elle posa son bras
demi-nu. Son regard, pareil à une flamme,
passa comme un trait au-dessus de la galerie et tomba sur l'orchestre. M. de Marvoix
prit son chapeau qui dormait dans le vide
d'une stalle voisine et se dirigea vers la
sortie.

— Tu sais, reprit madame de Luzay qui se mit à tambouriner du bout des doigts sur le bras de son fauteuil, j'ai beaucoup réfléchi depuis cinq minutes. Décidément, il n'y a pas qu'au théâtre où il y ait des Fortunio.

— A quel propos me dis-tu cela ?

— Parce qu'il y a des salons où l'on trouve des Clavaroche.

— Eh ! eh ! fit madame de Crémeil, qui rougit un peu, tes opinions ont l'humeur légère ! Tout à l'heure tu disais non, à présent tu dis oui.

— C'est qu'en philosophie comme en politique, tout dépend quelquefois du point de vue où l'on se place.

On entendit le bruit léger d'une clef qu'on tourne dans une serrure.

— Je parie, poursuivit-elle, que nous allons voir M. de Marvoix.

C'était lui, en effet. M. de Mareuil se leva.

— Déjà ! lui dit madame de Crémeil coquettement.

— Ne le retiens pas ! s'écria madame de Luzay ; je profiterai de l'occasion, et M. de Mareuil voudra bien m'offrir son bras jusqu'à ma voiture.

— Comment, toi aussi ? tu me quittes ?

Madame de Luzay haussa les épaules d'un air gai :

— Mon mari n'est pas chasseur comme le tien... et il m'attend.

Puis, s'inclinant à l'oreille de la comtesse :

— Léon s'en va ! vive Léon ! murmura-t-elle.

— Méchante ! lui cria madame de Crémeil.

Mais déjà madame de Luzay avait gagné le couloir des premières loges et ne l'entendait plus.

II

Peu de jours après cette conversation, madame de Crémeil était dans son boudoir, les pieds allongés vers la cheminée, et tenant sur les genoux un volume qu'elle feuilletait d'un doigt distrait. Elle regardait le feu. Il y avait sur le guéridon une lettre dont l'enveloppe déchirée portait des timbres de provenance étrangère. Il faisait dehors un temps maussade, de grands arbres dont on voyait le branchage noir derrière la fenêtre grelottaient sous les rafales de la pluie qui fouettait les vitres. Les yeux de la comtesse allaient des tisons rouges à la pendule, en glissant par-dessus la lettre. Il lui semblait que les heures avaient ce jour-là une pesan-

teur et une durée inusitées. Son humeur
avait la couleur grise qu'on voyait partout ;
il y passait des nuages comme dans le ciel.

— Et il ne viendra personne ! dit-elle en
étouffant un bâillement.

Un valet de pied ouvrit la porte et annonça M. de Marvoix.

Nérine n'était point fâchée que quelqu'un,
M. de Marvoix surtout, vînt déranger sa
solitude ; mais elle était femme et, comme
beaucoup d'autres, d'un caractère assez
compliqué. Il lui déplaisait en outre qu'on
l'eût fait attendre. Il est peu de Parisiennes
qui n'aient dans les veines quelques gouttes
de sang de Louis XIV. Il était donc indispensable que quelqu'un portât la peine de
l'ennui qu'elle avait subi.

— Ah ! vous voilà, fit-elle en apercevant
M. de Marvoix... je ne comptais presque
pas vous voir aujourd'hui.

— Est-ce me dire que j'arrive mal à propos?

— Ne saurait-on être sincère avec vous
sans que vous voyiez une impertinence dans
cette franchise? A la façon dont les hommes
la comprennent, ils donneraient presque le
goût du mensonge.

— Avouez que certaines femmes auraient
peu d'efforts à faire pour en prendre l'habitude?

Les jolis sourcils de la comtesse se rap-
prochèrent.

— Si je ne m'estimais pas ce que je vaux,
reprit-elle, je pourrais prendre cela pour
une insolence.

M. de Marvoix chercha dans son chapeau un mignon bouquet de violettes de
Parme, et le posant sur les genoux de madame de Crémeil :

— Voilà de petites fleurs qui plaideront

ma cause... N'est-ce pas votre fête, aujour-
d'hui?

— Ma fête?

— C'est aujourd'hui, je crois, le 2 février,
et il me semble que ce jour-là...

— Ah! oui, mon anniversaire... Pourquoi vous rappeler ainsi une date dont je ne
veux pas qu'on se souvienne?.... c'est presque de l'indiscrétion !

— Décidément il y a quelque chose, murmura M. de Marvoix, qui se mit à battre le
tapis du bout d'une petite canne qu'il avait
à la main.

— Quelque chose? Que signifie cela?
Expliquez-vous!

— Le désirez-vous sincèrement?

— Je vous le demande; répondez donc
sans réticence et sans ambage.

— Eh bien, me tromperais-je beaucoup
en supposant que, si tout à l'heure la porte

se fût ouverte sur M. de Mareuil, il eût rencontré ici un accueil moins singulier, pour ne rien dire de plus?

— De la jalousie à présent! Voilà un défaut que je ne vous connaissais pas! Depuis quand? A quel propos?

— Mais nierez-vous que M. de Mareuil ne recherche avec autant de constance que de succès l'occasion de vous voir? On le voit partout où vous êtes !

— Si c'est un tort, d'autres, ce me semble, le partagent, et je ne me fâche point.

M. de Marvoix ne put résister à l'éloquence féline du coup d'œil qui lui fut jeté ; il s'inclina sur la main de madame de Crémeil et la remercia d'un baiser muet. Elle sourit.

— Lui faites-vous un reproche de me trouver agréable à regarder, aimable à en-

tendre ? reprit-elle. Ce n'est pas sa faute
cependant s'il n'est pas plus que vous aveu-
gle et sourd !

— Oh ! moi... c'est moi !

— Et vous n'êtes pas lui, c'est clair !
Mais si vous vous trouvez si malheureux
dans ce boudoir, à la place que vous occu-
pez, pourquoi revenir ? Rien ne vous y force !
Je suis sûre que s'il y était, il ne se plain-
drait pas, lui !

— Vous avez des façons de raisonner ! Du
premier coup le bistouri dans la plaie !
Voyons ! était-il bien nécessaire de me laisser me morfondre à l'orchestre pendant que
M. de Mareuil s'asseyait triomphalement
dans votre loge?

— Et madame de Luzay ? vous n'en dites
rien ! répondit vivement madame de Crémeil, qui jeta un regard furtif sur la pendule. Elle a l'esprit vif, mon amie, et une

fois sur la piste d'une vérité, sa clairvoyance prend le galop.

— Il faut donc que je vous remercie ?

— N'est-ce pas votre devoir toujours ?

— Et quand même ?

Nérine lança un joli sourire à M. de Marvoix et se renversant dans la chauffeuse.

— Voulez-vous me permettre de parler comme si vous n'étiez pas là ? J'oublierai que je suis madame de Crémeil, je ne saurai plus que vous êtes M. de Marvoix. Ce sera une espèce de monologue, comme vous et moi en avons entendu dans les comédies, ou bien encore une profession de foi, comme on dit en langage politique. Et, pour cette circonstance, je vous dirai bravement ce que je pense... Une femme qui laisse voir ce qu'il y a dans son cœur et sa tête, qui veut bien être surprise en pleine rêverie,

quand elle cause avec elle-même, cela vaut
bien la peine qu'on l'écoute, avouez-le !
Combien d'hommes qui voudraient se trouver à pareille fête !

— Vous avez la parole, dit gaiement
M. de Marvoix.

Madame de Crémeil prit un éventail dont
elle se mit à jouer avec l'aisance d'une An-
dalouse, et regardant le feu, de l'air d'une
personne qui songe :

— Les hommes, reprit-elle, sont vraiment singuliers ; si j'avais le désagrément
d'appartenir à cette confrérie, je ne pas-
serais pas mon temps à perdre en chicanes
des heures qu'on pourrait employer plus sa-
gement. Comment ! ils ont en face d'eux des
êtres d'une espèce particulière, qu'ils pro-
clament les plus charmants du monde, qu'ils
font profession d'adorer, que leurs poëtes
chantent, que leurs sculpteurs taillent dans

le marbre, que leurs peintres reproduisent
sur la toile, et sans lesquels les plus illus-
tres, comme les plus sincères d'entre eux,
déclarent que toute vie serait amère et tout
plaisir un ennui, et les plus spirituels s'in-
génient à semer de petits cailloux le sentier
fleuri où ils marchent !

Le possible ne leur suffit pas ; il leur faut
le chimérique ! Ils ont l'heure présente,
l'heure la meilleure, la seule dont on soit
maître, et ils se fatiguent à vous dire : Et
demain? On leur offre une coupe au bord de
laquelle petille une écume savoureuse et
toute pleine d'une liqueur enivrante ; ils
n'ont qu'à la porter aux lèvres. Point. Ils
regardent au fond.

Un grain de sable n'y serait-il point
tombé? Or, si d'aventure ils le découvrent,
ils rejettent la coupe ! Que diriez-vous d'un
prodigue cependant qui ne voudrait plus de

son trésor parce qu'il y aurait aperçu une
pièce fausse? Et remarquez qu'ils sont tous
ainsi! Ils nous aiment, ils le jurent; bien
plus, ils le prouvent. Ceux-là se ruinent
pour nous, ceux-ci s'enrichissent pour nous
encore; il n'est sorte de folie qu'ils n'entre-
prennent pour satisfaire le moindre de nos
caprices; nous tenons la clef des sources où
s'abreuvent toutes leurs passions; nous sommes leurs idoles, et c'est pourquoi toute
leur intelligence s'épuise à chercher une
parcelle d'alliage dans cet or pur. Que de
transports aux pieds de leurs divinités! Et ces
mêmes yeux qui se remplissent de flammes
ou de larmes à notre aspect, ne se lassent
pas d'épier le mouvement, le geste, le regard, le sourire, jusqu'à ce qu'ils y aient
surpris une dissonance, une ombre, une ta-
che; soudain la divinité est renversée de
son piédestal, l'idole est mise en poudre et

vous criez *racca* à celle pour qui vous étiez prêt à mourir.

— Vous m'intéressez fort, continuez, dit son interlocuteur ; peut-être vais-je enfin, grâce à cet épanchement, soulever un coin du voile derrière lequel se cache ce charmant sphinx qu'on appelle une Parisienne.

M. de Marvoix s'arrangea commodément dans son fauteuil et, sa tête appuyée sur la main, attendit dans l'attitude du recueillement et de la curiosité.

III

Madame de Crémeil haussa les épaules doucement et, laissant échapper un soupir de ses lèvres railleuses, sans paraître s'apercevoir de la présence de M. de Marvoix qui ne la perdait pas des yeux :

— Cela me passe ! poursuivit-elle. Pourquoi tant creuser ? Pourquoi ces fouilles dans un cœur, comme font les antiquaires dans un tombeau ouvert par un coup de pioche ? Pourquoi ce travail d'un sondeur dans les abîmes ? Que veut-on faire jaillir de ces profondeurs et de ces ténèbres, où la religion ose à peine descendre ? Quel besoin de souffrances ! quelle soif d'incertitude ! La surface n'est-elle pas avenante,

aimable, parfumée, toute pétrie de charmes
et de séductions? Quand vos pieds foulent
un tapis éclatant, déchirez-vous la laine sou-
ple et fine des fleurs et des arabesques pour
voir ce qu'elles cachent sous leur tissu? Si
vous traversez une de ces prairies qui sont
l'ornement des Alpes, en arracherez-vous les
roses sauvages pour savoir quel limon ou
quelle roche s'ensevelit sous leur fraîcheur?
Ces curiosités dangereuses, vous les réservez à ce qui fait la grâce de la création ;
vous en amassez des économies pour la
femme; vos soupçons se lassent de l'interroger, de la poursuivre, de dresser autour
d'elle mille embûches avec un désir inexpli-
cable et secret de l'y voir tomber.

Quel bonheur est-ce donc que d'apercevoir la queue de la sirène? Moi, si j'étais
homme, son visage et le feu de ses caresses me suffiraient. Si encore la connaissance

de la vérité vous guérissait, je comprendrais le désir âpre qui vous fait courir au devant du désenchantement. Ce serait quelque chose dont l'audace rappellerait les épreuves par lesquelles l'étranger pénétrait les redoutables mystères d'Isis. Triomphant, il entrait dans la lumière et la paix. Non ! Toujours vous repassez par le même chemin... toujours vos lèvres avides veulent goûter aux mêmes fruits ! Le volume achevé, vous le recommencez ! A quoi bon tant de fatigues alors? La sagesse ne vous dit-elle pas qu'il serait doux de s'arrêter au premier chapitre? Ah ! les surfaces ! que de biens ne prodiguent-elles pas ! Elles permettent à toutes choses de glisser ! C'est l'eau qui fuit en reflétant les ombrages de la rive ; c'est l'herbe sur laquelle on se couche, c'est le sable fin où le flot s'épanche en chantant ! Voici ma main que je lève. Un baiser peut en

effleurer l'épiderme frais et velouté... il me
semble que deux lèvres viennent de la rencontrer au passage et s'y sont reposées.
Faut-il que le scalpel d'un savant la déchire
d'un coup brutal pour mettre à nu les mus-
cles et les tendons, les nerfs et les veines
qu'il recouvre...? Ainsi de tout ! Ces pauvres
hommes à qui nous cachons avec tant de
soins miséricordieux nos faiblesses et nos
défaillances, que nous entourons de sourires, qu'ils seraient heureux s'ils voulaient se
contenter de ce que nous leur donnons et si,
sans cesse, ils ne criaient pas : Derrière les
apparences, qu'y-a-t-il? Eh ! qu'importe si
l'apparence est belle?

— Ce serait bien beau, en effet, si l'on
n'aimait pas ! s'écria M. de Marvoix.

— Ce serait bien plus beau si l'on aimait ! Vivre dans l'illusion, n'est-ce pas le
plus charmant des rêves?

M. de Marvoix ne semblait pas convaincu.
Nérine se leva, et prenant dans une jardinière un bouton de rose qu'elle lui présenta :

— Ingrat ! dit-elle.

Il voulut la retenir ; elle se dégagea.

— Non, reprit-elle, je ne dois plus rien
à vos violettes...

Elle en passa quelques brins à sa ceinture.
M. de Marvoix tenait entre le pouce et l'in-
dex la fleur que Nérine venait de lui donner.
Une pensée mauvaise — une pensée de derrière la tête — lui traversa l'esprit.

— Est-ce que vous n'en réservez pas une
autre à M. de Mareuil? dit-il d'une voix
qu'il s'efforçait de rendre gaie et qui tremblait un peu. Même nom, même saint.

— Si je m'en souvenais, cependant, dites, ne le mériteriez-vous pas?

Elle se dirigea nonchalamment vers la
porte.

— Vous m'en voulez ? reprit M. de Marvoix, qui se repentait déjà de son audace.

— Moi ?... non ! fit-elle, tandis qu'un
sourire énigmatique passait sur ses lèvres ;
mais je vous ferai remarquer que voilà plus
d'une heure que vous me charmez par votre
présence... Vous voulez donc qu'on remar-
que que vous venez tous les jours, et que,
lorsque vous venez, vous restez longtemps ?

Quand une femme ne veut plus qu'on re-
marque une chose, c'est qu'elle a remarqué
que cette chose lui plaisait moins. De cette
découverte au sentiment de l'ennui inspiré
par cette même chose, il n'y a souvent qu'un
pas. Les yeux de madame de Crémeil tombèrent sur le bouquet de violettes de Parme
laissé sur un guéridon. L'odeur lui en parut
fade ; il lui parut aussi que l'homme aux violettes ne causait plus avec l'élégance vive et
l'esprit aisé qu'on lui voyait autrefois. Où

10

donc étaient allés le brillant, le tour rapide, l'imprévu de sa conversation ?

— Comme on change ! se dit-elle.

Elle souleva un coin du rideau. Il pleuvait toujours, et le ciel, tout couvert de nuées noires, y mettait une complaisance qui ne faisait prévoir aucun terme à ce déluge. La comtesse retournait à son fauteuil en étouffant un soupir, lorsqu'un valet de pied entra :

— M. de Mareuil est là et demande s'il peut avoir l'honneur d'être reçu par madame la comtesse.

— Qu'il entre ! dit-elle vivement.

Madame de Crémeil était dans une de ces dispositions d'esprit particulières, qui font trouver une saveur agréable à tout incident qui rompt le cercle de l'habitude. Elle était en outre mécontente d'elle-même et, par contre-coup, mécontente de M. de Marvoix.

Pourquoi avait-il deviné qu'elle était préoc-
cupée, sinon troublée, par la pensée d'un
autre? C'était presque de l'impertinence que
de voir si juste.

Les femmes ne pardonnent pas aux hommes la découverte de certaines vérités
qu'elles tiennent sous le boisseau. Cette ha-
bileté est comme un vol qu'on leur fait.
M. de Marvoix avait donc tort, parce qu'il
avait raison. M. de Mareuil qui lui succé-
dait dans le salon de la comtesse, avait encore cet avantage de représenter pour elle
l'inconnu. Elle avait côtoyé son esprit, elle
ne l'avait pas pénétré; c'était presqu'un
voyage d'exploration à faire. Or, Nérine
avait le caractère curieux. Au risque de tout
perdre, même l'espérance, elle eût ouvert
sans hésiter la boîte de Pandore. Ce n'est
pas, à bien voir les choses, que le nouveau
venu eût des qualités supérieures à celles de

M. de Marvoix, ou qu'il se recommandât par
une vertu exceptionnelle, la réputation d'un
grand courage ou d'un grand talent, une
renommée de beauté ou l'éclat de succès
mondains. Non; il ressemblait à peu près à
tout le monde; mais il avait pour madame de
Crémeil ce mérite charmant d'éprouver auprès d'elle une émotion, dont tout en lui portait la marque.

C'était une sorte de fascination. Sa voix
tremblait, il rougissait, pâlissait, se troublait
pour un mot; ses yeux étaient humides ou
brûlants tour à tour; il les détournait quand
elle arrêtait coquettement son regard sur
lui; sa poitrine alors se gonflait. A son gré,
en badinant, elle le faisait passer de l'extrême joie à l'extrême peine. Cette émotion
était contagieuse; elle en avait le ricochet et n'en était point fâchée. Une émotion qui vous caresse, c'est comme un par-

fum dans la vie de certaines Parisiennes
dont les heures s'épuisent dans le bruit.
Elles l'aspirent avec des surprises qui les
charment. Un homme rencontré dans le
plein courant du monde, qui a conservé la
fraîcheur de sa jeunesse, cette naïveté de sentiment qu'on pourrait comparer à ce premier duvet d'un fruit qu'aucune main n'a
encore touché, n'est-ce pas une perle rame-
née du fond de la mer ?

La conversation prit bientôt un tour in-
time. La comtesse était rompue à ces passes
d'armes, où la parole sert à la parade et à la
riposte. Elle y excellait par une longue pra-
tique dans tous les salons de Paris. Mollement allongée dans une chauffeuse, en face
de son interlocuteur, elle joua tour à tour la
mélancolie, le désenchantement, l'ironie, le
doute, la gaieté, laissa percer un vague désir comprimé, déçu, de jouissances profon-

10.

des où une âme fatiguée pourrait étancher
sa soif ardente, plaisanta de sa propre tristesse et trouva des mots pour railler les aspirations passées de mode, et qu'il fallait
oublier au couvent. Elle en éprouvait des
regrets qui lui montaient au cœur comme
des bouffées; mais que faire à cela? Rien
n'était possible, pas même l'amitié. On avait
arrangé le monde comme une série de cages
rangées le long d'un grand mur ; chacun
avait la sienne et y tournait comme un écu-
reuil. La confiance, la sympathie ne pouvaient passer entre les barreaux. On tournait toujours, et cela s'appelait vivre !

Nérine n'avait jamais rencontré d'oreilles
plus complaisantes pour écouter les savantes
modulations de cette cantilène qui eût fait
sourire un homme de quarante ans. Pour
M. de Mareuil, c'était une musique enchantée qui l'enlevait vers des régions incon-

nues; mais Nérine était de cette race de
femmes nerveuses qui se prennent à leurs
propres chansons et en savourent les airs. Il
pleuvait toujours; l'ombre se faisait, et bercée par le rhythme de cette improvisation,
baignée par les influences de cette obscurité
pâle qu'illuminaient les éclairs du foyer, que
parfumaient les senteurs pénétrantes des
jardinières, elle arriva à croire que tout en
était vrai. Une larme mouilla ses paupières,
et sans percer la frange des cils qui la retenaient prisonnière, donna à son regard humide un éclat et une douceur qui achevèrent
de vaincre M. de Mareuil. Il se pencha hors
de lui sur une main que madame de Crémeil
allongeait sur le satin de la causeuse, et y
posant ses lèvres:

— Est-ce ma faute, dites, si je vous
aime?

IV

Le mot qui venait de sortir de la bouche de M. de Mareuil était peut-être celui que madame de Crémeil attendait, cependant elle eut un léger frisson, mais sans retirer sa main.

— Vous! dit-elle.

— Vous ne me croyez pas?... comment faut-il donc parler? s'écria M. de Mareuil.

— Eh bien, non! ne me parlez pas, taisez-vous! reprit-elle vivement. Je vous crois... je le sais!... j'irai plus loin... Cet aveu ne m'apprend rien... Est-ce que nous ne devinons pas tout, nous autres femmes! Mais ne m'aimez pas!... oh! je vous en prie, ne m'aimez pas!... Si vous saviez com-

bien je suis lasse, et fatiguée, et déçue ! rien
n'est plus dans mon cœur... La vie en est
sortie... je ne sais même plus s'il bat...
J'ai eu tort de vous parler comme je viens
de le faire, je le sens; on a de ces mo-
ments d'abandon auxquels on ne devrait pas
céder...

C'est une faiblesse... une lâcheté!... ne
m'en veuillez pas... Demain je ne serai plus
Nérine, j'aurai repris mes habitudes... je
serai madame la comtesse de Crémeil, et au
prochain bal où nous nous rencontrerons,
nous valserons ensemble, voulez-vous? et
cette conversation folle que nous venons
d'avoir sera pour nous comme le chapitre
d'un roman, que nous aurions lu un soir
d'été.

— Je comprends, dit M. de Mareuil
d'une voix triste, vous l'aurez oublié ce soir,
et jamais vous ne penserez à moi.

Nérine était sous le coup d'une impression nerveuse ; il ne venait plus de la fenêtre qu'une lueur douteuse dans laquelle brillaient les ors des cuivres et les luisants des cristaux piqués par le rayonnement du foyer. La tête pâle de M. de Mareuil, lui apparaissait dans cette ombre transparente, avec ce charme pénétrant que donne une émotion sincère. Subitement, elle céda à un de ces mouvements impétueux qui s'emparent des natures mobiles avec la furie d'un éclair, et, avec ce même geste, cette même inflexion de voix qu'elle avait eus pour un autre, présentant à son interlocuteur une rose qu'elle voulait arracher d'un vase :

— Ingrat ! dit-elle.

M. de Mareuil poussa un cri et voulut retenir sa main.

— Non, laissez-moi ! laissez-moi ! s'écriait-elle.

Elle se jeta vers la fenêtre, et, lui faisant signe de s'éloigner, s'enveloppa d'un rideau. M. de Mareuil avait encore de ces timidités qui sont la parure et la chasteté d'un premier amour; il recula vers la porte lentement et disparut. La comtesse retourna vers un fauteuil, s'y laissa tomber et, posant ses mains sur son cœur:

— Qu'ai-je donc ? se dit-elle.

La porte s'ouvrit de nouveau et livra passage à madame de Luzay, que suivait un domestique armé d'une lampe.

— Je suis veuve comme toi, mais pour vingt-quatre heures seulement, dit-elle, et je viens te demander à dîner.

— Tu es à croquer, répondit Nérine, qui passa un mouchoir sur ses lèvres sèches.

Le feu remis en état, les flambeaux allumés, les rideaux abattus, madame de Luzay, qui s'était débarrassée de son chapeau et de sa pelisse, s'assit tout à côté de madame de Crémeil.

— Çà, reprit-elle, je viens de croiser M. de Mareuil sur l'escalier; il rayonnait comme un astre; il m'a saluée sans parler. Eh! eh! me suis-je dit, voilà un visage plus bavard qu'un discours! J'entre et je te trouve dans une obscurité profonde, avec une attitude de muse qui rêve, renversée dans un fauteuil. Voilà beaucoup de poésie pour la femme d'un mari qui chasse en Lithuanie, me suis-je dit encore. Qu'y a-t-il?

— Je ne sais pas.

— Toi, tu ne sais pas?... alors ça devient sérieux.

Les yeux de madame de Crémeil s'arrêtèrent sur une jardinière et un vase qui venaient chacun et à quelques minutes d'intervalle, de perdre une rose. Elle sourit.

— J'aime mieux cela, poursuivit madame

de Luzay dont le regard avait saisi au vol
celui de Nérine, et ces fleurs que je vois là
me rappellent que M. de Mareuil en portait
une à la main, et de quel air! Dieu me par-
donne, on aurait dit que c'était la Toison
d'or! Si donc je me rappelle la physionomie
qu'il avait l'autre jour au Théâtre-Français,
je puis te dire sans me piquer de sorcellerie
le nom de ce que tu as.

— Et cela s'appelle?

— Clavaroche et Fortunio.

— Encore?

— Pourquoi changerais-je d'idée si la
situation ne change pas! Veux-tu que
je t'en démontre la vérité jusqu'à l'évi-
dence?

Madame de Crémeil fut prise d'un de ces
accès spontanés de franchise dont quelques
femmes ont donné des exemples.

— Ce n'est pas la peine, s'écria-t-elle,

11

c'est vrai! mais, je te le jure, je ne le sais que depuis une heure.

Madame de Luzay s'approcha de Nérine avec le mouvement instinctif et charmant d'une femme qui voudrait porter secours à une amie en danger, et l'embrassant:

— Je ne te ferai pas de discours..., je te dirai seulement que je te plains et que j'ai peur!

Nérine s'inclina sous le baiser de madame de Luzay et resta la tête penchée sur son épaule.

— Ce qui me passe, reprit-elle, c'est que de telles choses puissent arriver! Comment? pourquoi?

— Est-ce qu'on sait, s'écria la comtesse qui se redressa. T'imagines-tu qu'on réfléchisse et qu'on se dise : je ferai ceci ou cela? C'est une spirale où l'on a posé le pied, une pente où l'on glisse... Les jours qui suivent

ont leur source dans le premier jour... On
est seule... L'ennui vient qui se mêle à la
tristesse. On se demande : à quoi bon ma
jeunesse et mon cœur ? qui fait qu'il tressaille
et qu'il lutte ? On traverse la vie comme une
brume grise. On n'a pour distraction que
des lettres rares écrites du fond des bois...
tu sais la fameuse lettre du roi Charles dans
Ruy-Blas :

Madame, il fait grand vent et j'ai tué six loups.

Un mari ! est-ce que j'ai un mari ! Il m'a-
vait menée à Fontainebleau après la cérémo-
nie ; le lendemain, il me conduisit au chenil
de la vénerie impériale : « Les belles bêtes !
les belles bêtes ! regardez, » me disait-il.
Moi, je regardais, et je me disais : C'est donc
cela, le mariage ! On a le cœur gros dans
ces moments-là. Trois jours après, — et a-t-
il bâillé, mon Dieu ! pendant nos promenades

en forêt ! — il partait pour chasser la sauva-
gine dans la Campagne romaine ! Que veux-
tu qu'on devienne ? Un jour, un homme passe;
il vous parle un langage qu'on aurait voulu
entendre dans la bouche d'un autre. On se
sent troublée, mais quand on s'aperçoit d'un
trouble, il est déjà trop tard pour en fuir le
charme perfide... On a le goût de l'émotion ;
on y trempe ses lèvres, on s'y plonge... On
ne regarde plus derrière soi !...

— Voilà pour Clavaroche... Mais Fortunio ? A la rigueur, et dans les conditions
d'existence qui te sont faites, je puis comprendre l'un ; mais l'autre ?

— Ah! c'est terrible, va! Et la spirale,
la pente où le pied glisse ! Tout à l'heure, je
te parlais du goût de l'émotion qui vous mor-
dait au cœur comme un acide ! Il devient
par une progression atroce le goût des émotions. Comprends-tu ? On aime, on est tout

entière à cet amour, mais l'habitude vient,
et bientôt elle en éteint la flamme. C'est
comme un vin généreux dans lequel on
verse de l'eau ; à force d'en verser, on n'a
plus qu'un sirop. C'est presque un mari qu'on
a... un mari qui ne chasse pas, mais qu'on
rencontre éternellement dans les mêmes
fêtes, l'hiver ; dans les mêmes châteaux,
l'été ; que le monde se fait un plaisir poli ou
malin d'inviter aux mêmes réunions ; qui vit
dans votre atmosphère, qui se meut dans
votre tourbillon, et qu'on retrouve au coin
de son feu avec la même tasse de thé et le
même écran, aux mêmes heures.

— Mais c'est le bonheur !... la confiance
dans la durée !

— Le bonheur, dis-tu ? Si tu savais comme
c'est monotone !

Madame de Luzay sauta sur son fauteuil.

— Tu as des façons de voir les choses ! s'écria-t-elle, Henriette.

— Ah ! ma chère, je profite d'une heure où je suis en humeur de parler des choses comme je les sens pour te dire la vérité ; crois-tu donc que si nous n'étions pas seules, je m'exprimerais comme je viens de le faire ? Non, certes ! je reprendrais mon masque... Vois-tu, personne n'est fait pour le bonheur, ni l'homme, ni la femme, ni toi, ni moi. Tu l'adores, parce que tu ne le connais pas. Écouterais-tu le quatrième acte des *Huguenots* ou la symphonie en *la* majeur de Beethoven à perpétuité ? Au bout d'une heure tes oreilles n'en percevraient plus les sons. Il y a des nourritures idéales que nos âmes ne peuvent pas s'assimiler. Et la meilleure preuve que je puisse t'en donner, c'est que quiconque a rencontré le bonheur l'a mis en poudre de ses propres mains... Il faudrait

avoir le tempérament et les ailes de flammes d'un ange pour en supporter la lumière...
Le bonheur, c'est d'en poursuivre la chi-
mère, de l'espérer, de le désirer, de tout
faire pour l'atteindre ; mais y toucher, c'est
le repos, c'est la mort !...

V

Madame de Luzay penchait la tête en avant, comme si elle eût voulu ne perdre aucun mot de cette improvisation où madame de Crémeil mettait un feu extraordinaire. Cela lui faisait l'effet d'une musique dont toutes les notes lui eussent été inconnues. Mais sans se laisser étourdir par leur viva-cité :

— Et M. de Marvoix, qui t'aime, veux-tu me faire croire qu'il soit couché dans un tom-beau? s'écria-t-elle.

— Non, certes!

— Tu vois donc bien !

— Mais s'il est heureux, — et ma petite vanité est intéressée à supposer qu'il l'est, —

c'est parce qu'il est inquiet, tourmenté, ja-
loux. Il sent qu'il n'est pas mon maître, et un
aiguillon le pousse, le presse, l'irrite, et c'est
ce qui le fait vivre.

— Ainsi c'est par tendresse que tu le dé-
chires du bout de tes ongles roses?

— Peut-être !

— Et s'il t'imitait ?

— Je ne me serais pas endormie dans
cette béatitude qui m'a perdue ! Il m'a trop
aimée, trop uniquement aimée ! J'avais la
certitude !... Comprends-tu la terrible signification du mot?

— Et la conclusion de cette belle profession de foi?

— Tu l'as rencontrée tout à l'heure, une
rose à la main.

— Une trahison alors, une trahison par
ricochet ?

— Non, un degré de la spirale; mais

11.

il y a une rampe, on peut s'y raccrocher.

Madame de Luzay menaça Nérine du doigt.

— Voici que tu ne dis plus la vérité déjà? murmura-t-elle.

— Ah! ma chère, une heure de franchise, c'est beaucoup en un soir!...

Madame de Luzay devint sérieuse.

— Tu étais ma meilleure amie au couvent, tu l'es toujours... Ton excuse est M. de Crémeil, qui n'a même pas su te donner un enfant; mais prends garde! tu pourrais un matin, dans cette fameuse spirale, te réveiller n'ayant plus Clavaroche à ton côté, ni Fortunio devant toi.

— Il faudrait pour cela que les hommes eussent plus d'esprit qu'ils n'en ont.

— Ah! j'ai vu dans les yeux de M. de Marvoix, Léon 1er, une flamme qui me fait croire à des foudres qui sommeillent.

— Est-ce que tu as peur des coups de tonnerre, toi ?

Tandis que l'entretien se poursuivait dans le boudoir de madame de Crémeil, M. de Marvoix faisait des efforts inutiles pour fuir une pensée qui l'obsédait. Des courses chez deux autres personnes de sa connaissance, la lecture de quelques journaux pris et rejetés, une assez longue station au club ne l'en pouvaient distraire. Il éprouvait un malaise dont il lui était facile de deviner la cause. Une impression pénible lui était restée de sa conversation avec la comtesse ; il y sentait gronder de sourdes menaces.

On n'est jamais trompé dans le sens littéral du mot. On se laisse tromper. Les habiletés si vantées des femmes ont pour auxiliaires la complicité et les lâches faiblesses des hommes. Un peu d'attention, la plus légère clairvoyance fait pénétrer le secret de

leur ruse ; on a même, en dehors de cette fa-
culté vulgaire, des sensations qui vous aver-
tissent, pareilles à ces frissons qui passent sur
la surface polie d'un lac au premier éveil
d'un vent lointain. M. de Marvoix n'était pas
d'un caractère à reculer devant le déchire-
ment que lui apporterait une certitude. Vivre
avec une inquiétude lui était insupportable ;
une occasion se présenterait à coup sûr d'aller au fond des choses, il y pousserait tout
droit.

Des jours s'écoulèrent durant lesquels il
affecta la confiance la plus absolue. Une
nuance de gaieté plus vive aurait peut-être
dû avertir madame de Crémeil ; elle n'y prit
pas garde. Le tort de quelques femmes est
de croire que les hommes ne peuvent jamais,
même dans certaines circonstances, s'empa-
rer des armes qu'elles excellent à manier.
Nérine, à qui ce badinage plaisait, voyait

toujours M. de Mareuil, Léon II, comme
madame de Luzay l'appelait gaiement.
M. de Marvoix ne paraissait plus l'offusquer
de sa présence assidue à l'hôtel de la comtesse; elle vivait dans une sécurité absolue.
Point d'autres nouvelles de M. de Crémeil
que des lettres courtes où il donnait le chif-
fre de ses prouesses cynégétiques. Il ne parlait pas de son retour.

Un matin, M. de Marvoix entra chez madame de Crémeil, qui le fit prier d'attendre
un instant. Une lettre était sur le coin d'un
petit bureau, à côté d'un buvard qui par ma-
ladresse semblait l'avoir laissé échapper de
ses feuilles discrètes. La blancheur du papier
attira les yeux du visiteur. Un nom s'étalait
sur l'enveloppe, le nom de M. Léon de M...
M. de Marvoix prit la lettre, mais au moment
de la tirer de son enveloppe, un sentiment
de discrétion l'arrêta. Tous les hommes n'en

sont pas capables. Était-ce bien à lui que la
plume de la comtesse s'était adressée? Elle
parut. Il composa son visage et marcha à sa
rencontre vivement.

— Je désespérais presque de vous voir?
dit-il d'un air de reproche caressant.

— Toujours impatient alors?

— Toujours quand il s'agit de vous.

— Un costume à discuter pour un bal dé-
guisé chez lady G.

— Et vous ne m'en voulez pas de vous
avoir dérangée?

— Beaucoup! fit-elle avec un joli mouvement de tête.

Il lui baisa la main. Comme il la conduisait à sa place accoutumée :

— A propos! reprit-il, pour qui cette
lettre? Ai-je eu tort de ne pas l'ouvrir?

— Vous voyez bien... M. Léon de M...

— Il y a Léon de Mareuil.

— Est-ce que j'écris à M. de Mareuil ?

— Jamais ?

— Oh ! jamais, c'est trop ! Une fois ou deux pour des riens, de ces billets qui courent.

— Je puis donc lire ?

— Certainement.

Au moment où M. de Marvoix tirait de son enveloppe la lettre marquée aux initiales de M. de Crémeil, elle changea de visage.

— Maladroite ! se dit-elle.

Mais déjà M. de Marvoix relevait la tête et, d'un ton froid :

— Vous vous êtes trompée ; assurément cette lettre n'a jamais été pour moi.

— Cette lettre ? répéta Nérine, qui cherchait ses mots.

— Voyez plutôt... Il est question dans ces quelques lignes d'une soirée à l'Opéra,

où je n'ai point paru depuis huit jours, et
d'une promenade au château de Ferrières,
où personne ne m'a invité. L'une a laissé
des souvenirs... l'autre promet des espérances...

M. de Marvoix avait trop allongé sa ré-
ponse ; madame de Crémeil avait eu le temps
de se remettre.

— Oh ! des mots ! fit-elle, de ces formules
banales qui traînent au bout de toutes les
plumes !

— Et c'est là, sans doute, ce qui vous a
engagée à me dire que vous n'écriviez jamais
à M. de Mareuil ?

— La franchise, j'en conviens, eût été
plus digne de moi. Si j'ai menti, c'est à
cause de vous. Vous avez une jalousie qui
m'effraye. Tout avec vous devient une affaire.
Les plus innocentes ne trouvent pas grâce
à vos yeux. Ce ne sont que réflexions et

commentaires. Plus de confiance entraîne-
rait moins de dissimulation... Et tenez, une
preuve de ma bonne foi que vous ne récu-
serez pas, c'est qu'une lettre est là pour
vous, dans ce buvard, et qui devait vous
être remise si vous étiez arrivé en mon absence.

Madame de Crémeil tira la lettre des
feuillets qui la retenaient cachée. Elle portait, comme l'autre, le nom de M. Léon
de M.

— Deux sœurs jumelles, dit M. de Marvoix en l'ouvrant.

— Si vous le croyez, pourquoi res-
tez-vous? répliqua madame de Crémeil.

L'attaque était directe. M. de Marvoix recula.

— Nierez-vous que M. de Mareuil ne vous
fasse la cour?

— Moi, je n'en ai nulle envie. Et que fe-

rait-on dans ce monde, je vous prie, si on ne
tournait pas autour de nous? M. de Mareuil
suit la mode : il tourne.

Elle haussa les épaules par un geste mignon.

— Ce n'est pas ma faute, cependant, si on
s'approche de moi plus que je ne le désire.
Avez-vous une île déserte à m'offrir? Vous
avez des raisons d'enfant. On me fait la cour!
Voyez le grand crime! Et qu'est-ce que
cela prouve? Un homme est dans un salon,
il faut bien qu'il fasse quelque chose; s'il
ne valse plus, s'il ne joue pas encore au
whist, à quoi peut-il passer son temps?
Et l'on se fâche parce que nous l'aidons à le
perdre!

Nérine continua sur ce ton quelque temps.
Elle fit jouer l'ironie et la gaieté, sans négli-
ger une pointe de sentiment et d'indignation.
Le sourire venait en aide aux paroles. Elle

en nuançait la grâce et la séduction, la mélancolie et la vivacité.

— Il m'écoute, donc il est vaincu, pensait-
elle.

Elle se trompait, M. de Marvoix l'obser-
vait tandis qu'elle parlait. Ce flux de paroles
auquel elle s'abandonnait l'indisposait plus
qu'il ne le charmait. Il y sentait la recherche,
le travail. C'était comme une symphonie
exécutée par un habile virtuose. Quand
madame de Crémeil s'arrêta, il secoua la tête.

— Un mot, un cri, un élan qui vous eût
portée dans mes bras, et j'aurais été convaincu, dit-il. Vous avez eu trop d'esprit
dans une occasion où il n'en était pas besoin.
Sincère, je vous eusse pardonnée et mon dévouement ne vous eût jamais fait défaut. Fidèle, je vous eusse aimée jusqu'à la mort... ;
mais perfide, je ne puis vous répondre que
par un adieu.

A ce mot, Nérine pâlit et leva sur lui les
yeux. Le regard de ces yeux qu'il avait ado-
rés entra dans son cœur comme une flèche.
Il éclata. Tout ce qu'il y avait de passion et
de jalousie dans cet amour où il avait puisé
le sentiment de la vie déborda comme un flot.
Elle en fut troublée.

— S'il m'avait parlé ainsi l'autre jour,
pensait-elle, je l'aimerais aujourd'hui!

Peut-être l'aimait-elle encore. Elle ne le
savait pas. Mais, à coup sûr, elle était irritée
de la résistance qu'elle rencontrait. Son orgueil qui surnageait voulait qu'elle ne fût
pas vaincue.

Elle se leva, et, sans répondre, toute
blanche et droite, se dirigea vers la porte.
M. de Marvoix se jeta au-devant d'elle.
C'est ce qu'elle désirait.

— Vous ne dites rien! vous me quittez!
cria-t-il.

— Et que voulez-vous que je dise? vous êtes en colère ; je vous cède la place.

— Mais...

Elle repoussa doucement, mais avec fermeté, la main qui cherchait à la retenir :

— Non, reprit-elle, réfléchissez pendant cinq minutes, vous m'avez blessée, profondément blessée ; mais je vous ai trop aimé pour que tout soit mort d'un coup... je reviendrai, et si vous avez le sentiment du mal que vous m'avez fait, nous causerons.

Presque aussitôt elle disparut.

VI

M. de Marvoix s'élança vers la porte. Elle venait brusquement de se refermer sur madame de Crémeil.

— Lâche! murmura-t-il en contemplant les plis de la portière qui tremblait encore; lâche, j'allais céder.

Il hésitait cependant, allait et venait, regardait la pendule, dont les aiguilles marchaient. Soudain on annonça M. de Mareuil.

— Ah! fit-il.

Et d'un air tranquille il s'adossa à la cheminée. M. de Mareuil le salua, et après l'échange d'une poignée de main:

— Vous attendez madame de Crémeil ?
dit-il.

— Comme vous, j'imagine, venez pour la
voir. Elle est là et ne va pas tarder à paraître... Et tenez, vous arrivez à propos, il y a
là justement une lettre pour vous... où donc
est-elle? Ah! la voici !

Un peu étonné de ce sans-gêne, M. de
Mareuil prit la lettre que lui montrait M. de
Marvoix et la tira de son enveloppe.

— Vous permettez? reprit-il.

— Oh! faites! vous le pouvez d'autant
plus librement que je connais le contenu de
cette lettre.

M. de Mareuil leva les yeux sur M. de
Marvoix avec l'expression de l'étonnement.

— Mais, monsieur...

— Vous comprenez que je ne me serais
jamais permis de la lire, si madame de Crémeil ne m'en avait donné l'autorisation elle-

même, ici, tout à l'heure. La mémoire l'a
mal servie; les mémoires les plus dévouées
commettent de ces étourderies. Elle croyait
m'avoir adressé ces quelques mots.

M. de Mareuil avait déjà les yeux sur le
papier criblé de pattes de mouche. Bien
qu'une lettre dont on n'a pas la primeur perde
de son parfum et de sa saveur, le front du
lecteur s'illumina. M. de Marvoix, qui l'ob-
servait, sourit :

— Oui, je sais murmura-t-il, un souvenir
musical qu'on vous rappelle, une promenade
à la campagne, dans un musée, qu'on vous
propose, c'est tout à fait charmant; rien en
tout cela qui me concerne !

Tout à coup le visage de M. de Mareuil
s'obscurcit.

— Mais il y a un post-scriptum ! s'é-
cria-t-il.

— Un post-scriptum?

— Vous n'avez donc pas tourné la page ? Regardez.

M. de Marvoix porta les yeux sur le verso de la page que lui indiquait le doigt de son interlocuteur. Cette fois le passage s'adressait bien à lui ; les dernières lignes lui demandaient même de remplacer une visite que la comtesse devait faire, à son bras, dans l'atelier d'un peintre fameux, par une tasse de thé et une soirée au coin du feu, le jour suivant.

Une idée vint à M. de Marvoix.

— Ce *post-scriptum* est-il le seul ? se dit-il en ouvrant la lettre que madame de Crémeil avait tirée de son buvard et qu'il avait glissée dans sa poche.

Un sourire nerveux plissa ses lèvres soudain.

— Ah ! reprit-il, quand une femme spirituelle se trompe, elle ne se trompe pas à

12

demi! La part qui vous revient se trouve ici, comme la part qui m'appartient se trouvait là. Lisez.

Il passa à M. de Mareuil la lettre de madame de Crémeil. Les regards de celui-ci cherchèrent le *post-scriptum*. Une rougeur brûlante éclaira son visage.

— Je mentirais, dit-il, si je n'avouais pas que ces quelques mots me troublent profondément... Tout à l'heure ils m'eussent plongé dans un ravissement sans nom...

— Et à présent ?

— A présent, je ne puis m'empêcher de penser que je ne suis pas le premier, le seul à qui le bonheur de les entendre ait été réservé.

— Et alors?

— Alors, à la lueur de cette même pensée, je me demande si celle qui a trompé une fois...

— Deux fois !

· · - Comment donc ?

— Et M. de Crémeil, Perce-Neige ?

— C'est juste ! je l'oubliais !

— Vous ne faites que payer au chasseur les arrérages de la rente que lui sert la comtesse.

Il y eut un moment de silence. Les deux jeunes gens étaient un peu pâles, avec une nuance d'irritation chez M. de Marvoix et d'accablement chez M. de Mareuil. Ils échangeaient des regards furtifs.

— Je gage, reprit tout à coup M. de Marvoix, que vous avez quelque envie de me chercher querelle et de me couper la gorge.

— C'est vrai ! Je vous exècre !

— Je le comprends. A votre âge j'aurais pensé comme vous.

— Et à présent ?

— Je vous plains.

Il prit son chapeau et se dirigea vers la porte.

— Vous partez ! s'écria M. de Mareuil.

— Oui. Je n'ai plus rien à faire ici.

— J'ai presque envie de vous imiter.

— C'est une envie sage, un bon mouvement. Cependant réfléchissez. Toute la question est de savoir si vous aimez madame de Crémeil.

— Vous en doutez !

— Je vous questionne. Si c'est un caprice, une idée en l'air, un de ces attachements qui prennent feu sous les bougies d'un bal pour s'éteindre entre les tentures d'un boudoir, restez. Vous aurez la saveur légère et la distraction d'un plaisir. Cela suffit quelquefois. Si, au contraire, vous l'aimez dans le sens que certaines âmes donnent à ce verbe dont le monde se sert sans le comprendre, vous n'avez pas un instant à perdre : fuyez ! Vous n'avez plus la foi, ce qui fait qu'on vit dans les nuages. Vous marcherez sur des épines, vous aurez dans le cœur mille soupçons plus durs et plus aigus que des pointes de fer... Vous y perdrez le repos et le rire. Vous verrez le mensonge dans la flamme d'un regard, dans l'ivresse d'un baiser... Votre bonheur sera fait de cendres et de poison. Si maintenant vous croyez que c'est la jalousie qui me fait vous tenir ce langage, je vous donne ma parole d'honneur que je ne reverrai madame de Crémeil que pour lui faire mes adieux.

— Bon! sortez, je pars avec vous!

— Comment! je vous donne un bon conseil et vous le suivez! Les miracles sont encore de ce monde!

Au moment où M. de Marvoix poussait la porte, il se trouva en présence de madame de Luzay. Elle le salua d'un joli mouvement de tête comme un oiseau.

12.

— Vous partez quand j'arrive ! fit-elle.

— Une affaire pressée... des préparatifs de voyage.

— Ah ! M. de Mareuil aussi, alors?

— Oui, l'un avec l'autre.

— Comme ça, tout à coup?

— Il y a des circonstances imprévues !

— Et sans faire vos adieux à madame de Crémeil ?

— Oh ! si !... Mais en ce moment nous n'avons pas la liberté d'attendre.

M. de Marvoix passa devant madame de Luzay en s'inclinant.

M. de Mareuil l'imita, et la porte se referma sur eux.

— Oh ! oh ! fit madame de Luzay.

Elle se dirigeait vers l'appartement de madame de Crémeil lorsque celle-ci parut. D'un coup d'œil elle fit le tour de la pièce où se trouvait son amie.

— Oh! tu peux chercher, ils ne sont plus là ! dit madame de Luzay.

— Qui, *ils ?*

— Eh ! M. de Marvoix et M. de Mareuil ! Tu ne les avais donc pas vus

— J'ai vu M. de Marvoix tout à l'heure. Il m'a paru maussade ; je l'ai quitté.

— M. de Mareuil sera venu en ton absence.

— Eh bien?

— Tu sais qu'ils partent?

— Tu crois?

— Ils me l'ont dit.

— La belle raison !

— Hum ! Ils avaient un petit air ! J'ai peur qu'ils ne se soient expliqués.

— Tant pis pour eux. Très-résolus, alors? des Romains !

— Je dois avouer cependant qu'ils parlaient de revenir.

— Tu vois bien !

— Tu t'imagines donc qu'ils resteront ?

— Tu en doutes! Mais un amoureux qui revient reste ! Un écolier te dirait cela.

— Pourtant, s'ils ne restaient ni l'un ni l'autre ?

— Je ne prévois jamais l'impossible. Tu souris ? Veux-tu passer la soirée avec moi? Tu verras.

— Soit... Je ne serai pas fâchée de faire ce petit cours d'expérience.

VII

Madame de Luzay venait d'enlever son chapeau et de s'asseoir.

— C'est égal, reprit-elle, je ne me plairais pas à ce jeu auquel tu t'amuses... Ce va-et-vient de Clavaroche et de Fortunio me rappelle le mouvement de la navette entre des fils. Si le tisserand se trompe, les fils s'embrouillent et tout casse. Adieu la toile ! on en est pour ses frais... Tiens ! ça me donne le frisson, rien que d'y penser !

— Tu as une fille, toi ?

— Qu'est-ce que cela fait ?

— Cela fait tout, s'écria Nérine en s'emparant des mains de madame de Luzay. Ta fille, mais c'est ton repos, ton bonheur, ton

salut ! mais si j'avais une fille, est-ce qu'il y
aurait des Léon dans mon existence ? Mon
mari pourrait chasser, va ! mais rien, rien !
Et toujours seule ! que veux-tu que je fasse
du trop-plein de mon cœur ! Sur quoi le verser ! Je t'ai vue trembler et pâlir au chevet de
ta fille et la contempler dans son sommeil
agité avec des yeux gonflés de larmes. Tu
pressais ma main convulsivement comme je
presse la tienne. Moi, j'enviais tes larmes,
ta pâleur, ton épouvante, cette angoisse que
je lisais dans ton regard. Tu avais quelqu'un
à aimer. Et au réveil, quand elle te tendait
les bras, quand elle souriait ! ton visage
rayonnait. C'était moi qui alors avais des envies de pleurer ! Je me sauvais, je rentrais
chez moi. Un mari absent, le foyer vide ; et
c'était ainsi le lendemain, et le jour suivant, et
le jour d'après, et toujours, toujours ! Que
n'aurais-je pas donné pour tes souffrances,

pour tes inquiétudes! Un soir, quand elle fut
sauvée, je t'ai vue pleurer sur l'épaule de
M. de Luzay. Comme il t'embrassait en passant la main sur tes cheveux! Voilà de ces
choses qui creusent des abîmes dans le cœur
d'une femme! On en veut combler le gouf-
fre... on cherche, on cherche ; tu sais ce
qu'on trouve. Le terrible, c'est que, la piqûre
faite, on a le virus dans les veines... rien
n'en guérit!

La comtesse passa vivement un mouchoir
sur ses yeux.

— Notre excuse éternelle, vois-tu, reprit-
elle avec une expression de sauvage colère
et d'inexprimable amertume, c'est que nous
ne savons pas, nous, et qu'ils savent, eux,
nos maris! Nous entrons dans la vie désar-
mées. Qu'avons-nous pour nous défendre?
Des aspirations. Et puis? Des espérances.
Et encore? Des illusions que les caresses

qui ont entouré notre enfance ont mûries
et développées. Et ensuite? Une soif de bonheur, un besoin inassouvi d'aimer! Tout à
coup on nous jette dans le mariage... Quelle
chute, alors! Des enfants pourraient nous
sauver... Mais quand on n'en a pas? On
marche à l'aventure comme un voyageur
épuisé dans un brouillard obscur et froid,
et ce sont les meilleures choses qu'on avait
en soi qui vous perdent!

— Pauvre Nérine! murmura madame de
Luzay.

Un domestique entra qui annonça que
M. de Marvoix priait madame de Crémeil de
vouloir bien le recevoir un instant. La comtesse sourit.

— Quand je te le disais! reprit-elle à l'o-
reille d'Henriette.

Et se tournant vers le domestique :

— M. de Marvoix peut entrer.

— Moi, je me sauve ! s'écria madame de Luzay.

— Non, entre là... Tu peux écouter même, si tu veux.

Elle souleva une portière, et madame de Luzay se jeta dans une pièce voisine. Au même instant, M. de Marvoix parut.

Madame de Crémeil l'accueillit avec un sourire :

— Je n'espérais presque plus vous voir, dit-elle; on m'avait parlé d'un grand voyage.

— On ne vous a pas trompée ; je pars pour l'Orient.

— Aussi loin que ça ! et pour long-temps ?

— Pour un an peut-être.

— Alors, ce sont des adieux, d'éternels adieux ?

M. de Marvoix s'inclina.

13

— C'est donc sérieux ? reprit-elle.

— Très-sérieux.

La comtesse glissa un regard vers la porte derrière laquelle madame de Luzay écoutait peut-être, et, se rapprochant de M. de Marvoix avec un mouvement plein de câlinerie :

— Et ce départ, ce voyage, pourquoi ? Tout cela pour quelques mots écrits en courant ?

— Ne vous semble-t-il pas que ce soit assez ?

— Je les regrette, je les maudis... j'ai été orgueilleuse tout à l'heure, j'ai eu tort... Un mauvais sentiment l'a emporté. Quand on se sent coupable, pour un rien on se fâche... Vous voyez que je vous dis tout... Je voulais courir après vous... déjà vous étiez avec M. de Mareuil... je n'ai plus osé me montrer. Si vous saviez comme

j'ai pleuré! J'écoutais... j'attendais... Il est
impossible qu'il ne revienne pas, me disais-je.
Quand on est venu m'apprendre que vous
étiez là, le cœur m'a sauté dans la poitrine...
J'ai voulu badiner, mais vous avez bien vu
que j'étais émue, troublée... je ne pouvais
presque pas parler...

Elle avait pris les mains de celui que madame de Luzay appelait en riant Léon Ier...;
il les retira et les ayant croisées sur une
canne qu'il tenait entre les genoux, la regarda au fond des yeux. Elle se sentit em-
barrassée. Ce regard clair et froid qui avait
l'acuïté de la flèche et la pénétration de la
vrille, la gênait.

— Prenez garde, reprit-elle, si vous ne
me dites pas bien vite le seul mot qui puisse
vous faire pardonner, plus tard il sera trop
tard.

— Cette musique, je la connais, les modu-

lations en sont charmantes; mais savez-vous
pourquoi, tout en caressant mes oreilles,
elles n'arrivent pas à mon cœur? Je ne crois
plus ; tout à l'heure, au premier mot, je serais tombé à vos pieds... à présent, comme
vous, je dirai : Il est trop tard !

Il n'y avait pas à s'y tromper. M. de Marvoix avait le ton et l'accent d'un homme qui
dit la vérité. Vaincue, madame de Crémeil
voulut du moins battre en retraite avec les
honneurs de la guerre. Elle partit d'un éclat
de rire.

— Vous rappelez-vous *Madame de Belle-
Isle?* reprit-elle. Il me semble que vous êtes
M. le duc de Richelieu et que je suis la mar-
quise de Prie. A cette petite scène que nous
venons de jouer, il ne manque que la médaille. Passons-nous-en.

Prenez ma main et serrez-la. Ce sera toujours celle d'une amie.

M. de Marvoix l'approcha de ses lèvres et, s'inclinant :

— Merci, dit-il.

— L'impertinent ! murmura Nérine, qui le vit s'éloigner.

— Eh ! eh ! fit madame de Luzay qui venait de soulever la portière, en voilà un qui ne reste pas, ce me semble, bien qu'il soit venu. Ne lui as-tu pas promis ton amitié ?

— Je le hais !

— C'est ce que je voulais dire... Heureusement que tout passe... même la haine.

Madame de Crémeil ne put s'empêcher de sourire.

— D'ailleurs, tu sais le proverbe : Il y a loin de la coupe aux lèvres. M. de Marvoix n'est pas encore à Constantinople.

— Et puis il y a l'autre.

— M. de Mareuil ? J'allais l'oublier.

— Cependant, si la contagion allait le ga-
gner? Si lui aussi ne revenait pas?

— M. de Mareuil? Mais il n'a pas vingt-
cinq ans ! A cet âge on revient toujours.

On entendit un bruit de voiture dans la
cour.

— Tu vois ! s'écria Nérine.

Madame de Luzay s'était précipitée vers la
fenêtre et en avait discrètement soulevé le
rideau.

— Eh bien ! fit madame de Crémeil.

— Il a sauté si vite de son coupé que je
n'ai pas pu le reconnaître.

— Pauvre garçon ! Il va monter l'escalier quatre à quatre.

Un domestique parut :

— Quelqu'un est là qui demande si madame peut le recevoir.

— Qui donc? ce quelqu'un a un nom,
j'imagine.

— Madame la comtesse oublie que je ne
suis à son service que depuis trois semaines.
Je ne connais pas cette personne. Quand je
lui ai demandé qui je devais annoncer, elle
a griffonné un mot sur ce bout de papier,
s'excusant de n'avoir pas de carte.

Madame de Crémeil prit le papier des
mains du domestique et y jeta les yeux.

— Ah! mon dieu! fit-elle... Regarde.

Madame de Luzay, à laquelle elle venait
de passer le bout de papier, lut ces quelques
mots :

— « Si je pouvais avoir l'honneur de vous
saluer, j'en serais ravi; il y a si longtemps!...
Perce-Neige. »

— Ton mari! dit-elle.

— Hélas!

Le domestique s'était éloigné. Un éclair
de gaieté passa dans les yeux d'Henriette.

— Mais dis-moi, reprit-elle, en se penchant

à l'oreille de la comtesse, remarques-tu que Perce-Neige, de son véritable nom, s'appelle Léon, lui aussi ? Un, deux, trois ! C'est une épidémie !

Alors, étouffant un éclat de rire et se tournant vers le domestique qui attendait immobile :

— Faites entrer... Le roi est mort, vive le roi !

UNE NUIT

A SAINT-AVOLD

C'était pendant les premiers jours du mois d'août de l'année maudite, le 2 ou le 3, ce me semble ; j'étais arrivé à Metz dans la soirée, assez tard. Une curiosité impatiente me poussait. A peine hors du wagon, je courais la ville. Il me parut que j'entrais dans une fourmilière de soldats. Les premiers coups de fusil avaient été tirés. On avait vu des prisonniers; le sang avait coulé sur cette frontière qui, jadis, en avait tant bu et qui devait s'en abreuver encore. On n'aperce-

13.

vait partout que galons d'or, aiguillettes et
plumets ; on entendait le cliquetis des sabres
traînant sur le pavé. Des capitaines d'état-
major allaient et venaient. Les hôtels de la
rue de Paris ressemblaient à des casernes
peuplées d'officiers. Généraux et colonels,
entourés d'épaulettes de toutes sortes, en-
combraient les cafés. On avait eu un premier
succès du côté de Saarbruck. On l'acceptait
comme une promesse.

« Ne vous y fiez pas, » avait dit un soldat du 34e de la landwehr pris dans cette
rencontre, et qu'on menait aux casemates.

Il avait habité Paris et parlait le français
comme un journaliste.

Conduit par le hasard, j'avisai une grande
cour, devant laquelle se promenaient deux
grenadiers de la garde, le sac au dos, leur
bonnet à poil sur la tête. Il me passa dans
l'esprit des souvenirs de Waterloo. La cour

retentissait du bruit des chevaux qui en-traient et sortaient.

Les estafettes se suivaient à la file. Des aides de camp chamarrés d'ordres qui étince-laient sur leur poitrine fumaient au bas des perrons. On m'apprit que c'était l'hôtel de la Préfecture et que l'Empereur y demeurait. Une voiture à la livrée impériale s'arrêta auprès d'une porte vitrée toute flamboyante de lumières. Le prince Napoléon, en grand uniforme, parut, alluma un cigare, échan-gea quelques paroles avec un officier d'or-donnance qui sauta en selle, et la voiture qui l'emmenait partit avec fracas.

— Quelles nouvelles?

— Le Prince impérial a vu le feu et n'a pas bronché.

— Ah! fit quelqu'un.

Le tumulte allait de rue en rue, se conti-nuant du centre de la ville aux extrémités :

du bruit, des rires, un grand mouvement, et
par intervalles le sourd roulement des
lourdes pièces d'artillerie qui cahotaient sur
le pavé et fendaient la presse, suivies des
fourgons pesants. Des soldats fredonnaient.
Cette agitation me laissa froid; j'en avais vu
le spectacle depuis Paris qui chantait, et le
long des gares du chemin de fer de l'Est, où
les convois qui marchaient en longues files
faisaient des encombrements. Ce n'était par
là que soldats qui buvaient, salués au passage de mille cris; quelques femmes cachées
dans la foule pleuraient cependant. Ici l'in-
souciance s'ajoutait au bruit. Le cœur léger
dont avait parlé M. Émile Ollivier battait
dans toutes les poitrines. On semblait ne pas
se douter que deux grands pays allaient se
rencontrer dans un choc formidable.

Au petit jour j'étais debout. On aurait pu
croire que la ville n'avait pas dormi. Au-

tour de la porte Serpenoise, tambours et
clairons faisaient rage ; bataillons· et régiments entraient et sortaient. Sur le champ
de foire, des milliers de voitures, au milieu
desquelles des bandes de chevaux s'ébrou-
aient ; dehors, des·milliers de tentes. J'allais
à l'aventure. Les remparts me laissaient voir
leurs embrasures vides. Dans la campagne,
au loin, des ouvriers poussaient des brouettes,
ou creusaient des tranchées. Qu'était-ce que
cela? On m'apprit que la ville n'était pas armée. Et les forts? On en presse l'achèvement.

Un officier d'artillerie qui vit mon étonnement haussa les épaules.

— C'est la même chose à Strasbourg, me
dit-il.

— Quoi ! rien de prêt ?

— Rien.

Les soldats avaient l'air gai; les plus
jeunes chantaient. On se racontait les épi-

sodes de l'échauffourée de Saarbruck et
l'effet des mitrailleuses qu'on avait essayées
sur une compagnie allemande rangée sur la
voie du chemin de fer.

— A-t-elle été fauchée? disait-on.

— Et comme ils couraient ceux qui n'é-
taient pas morts!

Bientôt après j'étais en route pour Forbach.

Que de képis et de baïonnettes à travers
champs! Les banderoles des lanciers sem-
blaient rire, éclairées par le ciel et caressées
par le vent. La fumée des cantines s'élevait
dans le ciel pur. Ou sentait partout une
odeur de café grillé. Des files de petites
tentes tapissaient le flanc des collines. On
entendait les fanfares des escadrons en
marche. La guerre, la guerre dure et fa-
rouche, avait des allures de fête. A Forbach, le camp mangeait la ville. Dans la

longue rue qui la traverse, c'était un four-
millement de cavaliers et de fantassins. Ils
se montraient entre eux des fusils prussiens
à garniture de cuivre et des casques à pointe
ramassés dans les fossés. On riait. Parlez-
moi des chassepots et des képis ! Un tapage
qui n'avait ni fin ni trêve sortait des auberges, où des filles rouges tournaient autour des tables, les mains chargées de plats
fumants. La grande distraction était d'aller
à Saarbruck voir la ville et surtout les traces
du combat. Allons à Saarbruck.

Beaucoup de gens sur la route, militaires
et pékins qui vont et qui viennent. Un régiment de dragons campe dans un pré; les
chevaux qui grattent l'herbe sont au piquet.
Un bataillon de chasseurs fait cuire ses mar-
mites le long d'une haie. Voici les établisse-
ments de Stiring. Des jets de vapeur et de
fumée sortent des longues cheminées. Des

femmes étendent du linge sur le gazon. Au
loin, des forêts épaisses s'allongent. Malgré
soi, on les regarde, comme si quelque chose
devait sortir de leur profondeur silencieuse.
Un jeune officier fait galoper son cheval
dans la prairie, pousse vers la forêt et revient.

— Il n'y a rien là dedans? demande un
passant.

— Là? Et que voulez-vous qu'il y ait?
répond ce cavalier qui porte des broderies
d'argent sur sa veste de drap bleu; c'est
aussi tranquille que le bois de Boulogne.

Il allume une cigarette et part.

Un petit chasseur de Vincennes, qui avise
la voiture où j'avais pris place, s'approche :

— Si vous allez à Saarbruck, vous savez,
on n'y va plus.

— Et pourquoi?

— C'est la consigne......

On se regarde. Que faire? Reculer, sans avoir vu Saarbruck, même de loin, c'est bien bête ; avancer est peut-être inutile ; mais c'est bien tentant aussi.

— Ah bah! fait-on, allons toujours, on verra bien plus tard. Et l'on fouette le cheval.

— Voilà bien les bourgeois! on les avertit, et bon soir! dit le chasseur qui rit.

Il avait une mine avenante, ce petit soldat, solidement campé sur ses hanches, les joues roses, les yeux bleus, une barbiche née de la veille, et avec ça, l'air résolu d'un bon compagnon. Il est peut-être de ceux qui ont le bâton de maréchal de France dans leur giberne.

Voici l'auberge de la Brème d'or, assise sur la frontière ; elle allonge sa façade sur la gauche de la route. Les gourmets en connaissent le chemin. Que de plats nettoyés à l'ombre de son enseigne hospitalière et de flacons vidés! C'est à présent le quartier général du général Frossard, qui commande le 2e corps. Là-bas, ces maisons groupées derrière ce pont, c'est Saarbruck.

« On ne passe pas ! »

Une sentinelle est là qui abaisse son fusil en travers de la route. Tiens ! le petit chasseur avait raison. Un planton se présente, les ordres sont formels, point d'exceptions; piétons et voitures doivent rebrousser chemin. On s'attend donc à quelque chose? Non, mais c'est la consigne.

Devant la porte de la Brème d'or, des chevaux sellés; un va-et-vient d'ordonnances, deux ou trois lanciers qui fument leur pipe. Il faut retourner à Forbach. Sur le flanc de la route, presque à portée de fusil, toujours ces grandes forêts sombres. Elles tirent l'œil. Sont-elles gardées au moins? Un dragon qui chemine avec nous entend la réflexion.

— Puisque le colonel a dit que ce n'était pas la peine, ce n'est pas la peine.

Au fait, il a raison, ce militaire ; de quoi nous mêlons-nous ? A chacun son métier, et ceux à qui on a confié la garde de la frontière, en un pareil moment, doivent le connaître.

Nous rentrons à Forbach. Les auberges qui étaient pleines tout à l'heure regorgent de monde à présent. Dans la ville on dirait une foire dont les chalands seraient habillés en soldats.

Le petit chasseur que nous avons rencontré à mi-route m'aperçoit et cligne de l'œil ; je me rappelle soudain que j'ai une lettre pour le général X... Je m'approche du camarade.

— Le général X... répond-il de son air

bon enfant..., vous avez de la chance, je sais justement où il est... Venez !

Je le suis et j'arrive en face d'une grande auberge, au beau milieu de la rue.

— C'est ce grand maigre... là, assis sur ce banc.

Je m'approche :

— J'ai pour ami le colonel d'un régiment de chasseurs dont je voudrais avoir des nouvelles. Pouvez-vous m'en donner ? Le colonel du 5e ?

— Il va bien, je l'ai vu l'autre jour.

— Et où est-il ?

— Je ne sais pas... A Saint-Avold peut-être ou à Puttelange ; mais pour sûr aux avant-postes, pas loin d'ici.

On cause. Une voix que je crois reconnaître me fait tourner la tête. « Tiens, Abou ! » On se serre la main. Jules Claretie aussi est là. Les mêmes émotions nous animent, nous représentons le journalisme dans cette guerre où toutes les forces vives de la France vont être engagées, et nous avons l'amour du pays à l'égal de tous ceux qui nous entourent. Si nous faisions campagne ensemble ? Tope là, c'est dit. Claretie ira préparer les logements et prendre langue à Sarreguemines, où nous nous donnons rendez-vous. About disposera sa voiture pour nous y recevoir, car il a une voiture solide, un bon cheval et un domestique qui sait se débrouiller. Moi, je retournerai à Metz pour ramasser nos petits bagages, prendre les correspondances et retirer un laissez-passer qu'on m'a promis à la grande prévôté. Un confrère qui est là nous écoute. « Moi, je reste ; j'ai idée que demain il y aura du bruit dans Forbach, et je ne veux pas perdre une note de cette musique-là.

— Une bataille ici, demain ? réplique le général.

— Oui...

— Restez, si ça vous amuse, ce sera une nuit perdue.

Je retourne à la gare pour savoir si par hasard un train file sur Metz. Tout en marchant, je rencontre un personnage officiel, fort avant dans l'intimité des Tuileries.

Le chef de gare, qui l'aperçoit, accourt tout effaré.

— Tirez-moi de peine, dit-il, il y a là dix ou douze wagons dont je ne sais que faire. Ils sont bourrés de poudre, et voilà sept ou huit jours qu'ils se promènent de Sarreguemines à Forbach, et de Forbach à Metz. On me les renvoie sans cesse, et ils me font trembler.

— Où sont-ils ?

— Là, devant vous... sur la voie... en plein vent, et point gardés encore ! Qu'un combat s'engage, — et vous conviendrez que c'est possible ; — qu'un obus éclate parmi ces wagons, et la ville saute en l'air avec la gare... je n'en dors plus.

Je regardai ces wagons orphelins qui n'avaient ni parents, ni amis. Ils dormaient sur les rails. Point de sentinelles à côté d'eux.

— Mais d'où viennent-ils?

— C'est un convoi qui les a apportés. Personne ne les réclame et personne n'en veut... Je vous en supplie, débarrassez-m'en.

Il se trouva que le dignitaire auquel le chef de gare s'adressait avait autorité pour répondre à ce vœu. Il signa un ordre, et une locomotive se chargea de conduire les dix wagons en lieu de sûreté.

Point de convoi pour Metz avant une heure ou deux, juste le temps d'écrire une lettre. Tout en allant à la poste, qu'un passant m'indique, je me heurte contre un

groupe au milieu duquel pérore un roulier.
Un je ne sais quoi me pousse à m'approcher,
peut-être le visage des auditeurs. Le roulier
parlait d'une bataille du côté de Wissembourg. Le canon avait tonné toute la journée, il en avait vu la fumée. Les villages
déménageaient. C'était un grand désarroi :
des fuyards et des blessés passaient sur la
route. Lui, sans plus attendre, s'était mis à
fouetter ses chevaux.

— Quels blessés? quels fuyards?

— Ma foi... les nôtres... les pantalons
rouges.

Ce qu'on éprouve quand on entend ces
choses-là, on ne peut le dire. C'était si nouveau alors, un échec! Depuis lors, dans
combien d'autres circonstances n'a-t-on pas
entendu ces mêmes paroles terribles! Le
cœur saigne et la cicatrice ne se fait jamais
sur de telles blessures.

Tout pâle d'une émotion poignante, je cherche le général à qui j'avais parlé tout à l'heure. Il se met à rire en m'écoutant.

— Voilà des idées! habituez-vous donc à ces bruits qu'on fait courir!... Vous comprenez bien que s'il y avait eu un engagement de quelque importance, je le saurais... une estafette m'aurait prévenu... ne vous inquiétez de rien et allez à vos affaires.

Je respirai bruyamment, comme un homme qu'on réveille d'un cauchemar. Deux reconnaissances s'étaient peut-être rencontrées; le roulier avait pris peur; des coups de carabine lui avaient produit l'effet de coups de canon, de là son récit. Je me décide à partir.

Metz était tranquille. On faisait l'exercice au Ban Saint-Martin. Un régiment d'artillerie sortait par la porte de Thionville; même foule gaie dans les cafés.

14

Le lendemain, et mon firman signé et tim-
bré par la grande prévôté de l'armée du
Rhin, je me rendis à la gare, où je pris un
billet pour Sarreguemines. Le convoi devait
partir à dix heures du matin ; à deux heures
de l'après-midi il était encore en place.
D'autres entraient et sortaient, apportant et
remportant des troupes ou des munitions.
Les conversations allaient leur train. Tout à
coup il y eut un grand mouvement de joie.
On parlait d'une victoire éclatante, vingt
mille morts, trente mille prisonniers, cent
pièces d'artillerie conquises sur l'ennemi.
L'histoire du roulier me trottait dans l'esprit. Il avait l'air si convaincu ! Et je me rappelai que d'autres qui arrivaient derrière
lui, poussant leurs attelages, avaient con-
firmé son récit de point en point. Tout en
écoutant ces conversations qui avaient l'éclat
d'un bulletin, je hasardai quelques doutes;

timidement, sur l'authenticité de ces nouvelles. Il fallait se mettre en garde contre
des espérances prématurées; quelles preuves
avait-on de ce succès? Des regards de travers accueillirent mes observations. On
murmura sourdement autour de moi, on me
désigna du doigt en chuchotant. Le portier
vint et me demanda mes papiers. Il avait la
mine renfrognée et le sourcil menaçant;
j'exhibai mon permis de circulation.

— Cela ne prouve rien... il y a des personnes qui mettent des signatures où ça leur
plaît!... J'étais invité à quitter l'intérieur de
la gare, décidément on me prenait pour un
espion. Réclamer et me faire conduire à la
prévôté, c'était perdre l'occasion de partir,
j'attendis dehors. Vers trois ou quatre heures,
le convoi s'ébranla. Il marchait au pas,
comme un omnibus qui grimpe une côte.

Des convois passaient, filant vers Metz.

L'un d'eux regorgeait de voyageurs qui mettaient leurs têtes à la portière ; nous en faisions autant de notre côté ; on causait de wagon à wagon. Le bruit de la grande victoire s'était propagé, d'où venait-il ? On ne savait, mais le fait était certain. Elle avait fait d'étranges progrès depuis quelques instants, cette victoire. Il y avait trente mille morts, cinquante mille prisonniers, deux cents canons. Le prince royal lui-même avait été pris, d'autres disaient blessé. Blessé et pris, cela pouvait aller ensemble. Malgré moi, je ne pouvais m'empêcher de risquer quelques observations où perçait le sentiment de l'incrédulité. C'était trop beau, décidément j'étais incorrigible. Un voyageur étendit le bras d'un air furieux et me jura que l'armée prussienne était en pleine déroute. Un autre qui arrivait de Nancy avait vu l'affiche ; la victoire était imprimée sur

papier blanc, le papier du gouvernement.
Tout le monde se réjouissait. Comment douter après cela ? Il fallait se rendre.

Le convoi cependant continuait à marcher avec une désespérante lenteur. On avait
à grand'peine dépassé Feltre et Courcelles,
puis Remilly, puis Foulquemont, et la locomotive semblait poursuivre sa route avec
regret. Toujours d'autres convois, charriant
des chevaux, des caissons, des soldats ; toujours des régiments en marche. Enfin, nous
arrivons à Saint-Avold. On s'arrête, va-t-on
repartir? Tout à l'heure, dans un instant,
plus tard. On s'interroge des yeux. Les
voyageurs descendent et se répandent çà et
là. Le chef de gare, penché sur sa petite
machine électrique, lance des questions de
tous côtés et note les réponses. Il a l'air inquiet. Par moment, les réponses ne viennent
plus. Un inspecteur de la ligne, barbu, fort,

14.

large des épaules, allait et venait, donnant
des ordres. Des files de wagons s'amonce-
laient sur les rails, les locomotives ronflaient
toujours, prêtes à partir au premier signal.
Un large fauteuil de cuir se trouvait dans
le cabinet du chef de gare; l'inspecteur, qui
rôdait partout comme chien de berger en
peine de son troupeau, s'y jetait quelquefois,
et passait la main sur son front. A mesure
que les réponses arrivaient, le chef de gare
les lui communiquait; je l'avais rencontré à
Paris, et m'approchant :

— Que disent vos nouvelles?

— Rien de bon; lisez.

La ligne était coupée à Cocheren : des
uhlans occupaientBening, au point même de
la bifurcation; on en signalait à Hambourg.
Les dépêches n'arrivaient plus à Sarreguemines. Invitation de tout arrêter à Saint-Avold.

Il me prit à part :

— On s'est battu toute la journée à Forbach, et l'affaire a tourné contre nous...

— Ainsi le général Frossard ?...

— Ce qui reste de son corps d'armée bat en
retraite... Deux trouées ont ouvert la frontière ; la première à Wissembourg...

— Ainsi ! ce qu'on m'avait dit hier ?...

— N'est que trop vrai.

De telles paroles, que l'on échange à voix
basse, font un mal horrible. J'avais la gorge
serrée. En prêtant l'oreille, on pouvait entendre un grondement sourd, lointain, indé-
cis. La nuit se faisait. On voyait sur le quai
les hommes d'équipe qui se couchaient çà et
là, dormaient la tête sur un ballot.

— Ils sont rendus de fatigue, reprit mon
interlocuteur, voilà dix jours et dix nuits
qu'ils sont sur pied...

Il enfonça ses doigts dans ses cheveux
touffus :

— Ce n'est pas tout encore ; c'est que je
réponds de mes convois...

— Que ne les ramenez-vous à Metz ?

— Impossible !... les deux voies sont en-
combrées... On n'y ferait pas circuler une
brouette, nous sommes bloqués.

J'avais vu en Italie la face éclatante de
cette médaille qu'on appelle la Victoire ; j'en
voyais le revers sinistre, la déroute. Dans
ces moments-là on a froid dans les os.

— Et le pire, reprit-il d'une voix sourde,
c'est qu'un parti de uhlans peut fondre sur
nous à l'improviste, tout enlever ou tout dé-
truire.

Au dehors, la campagne était noire et silencieuse. Un vent bas et humide soufflait et
se plaignait dans les arbres. Les choses
prennent des aspects lugubres quand certaines idées préoccupent l'esprit. Il me semblait que tout était funèbre dans les champs

assombris, dans l'horizon désert ; quelques
feux de bivac au loin piquaient l'obscurité. Des hennissements affaiblis par la distance coupaient le silence. Je regardais l'arc
noir d'un pont qui enjambait la tranchée
du chemin de fer, en amont de la gare.
Verrai-je passer sur sa voûte robuste les
cavaliers allemands? Les heures se faisaient
pesantes.

On ne savait où marcher. Caisses de su-
cre et de biscuits, barriques de vin et d'eau-
de-vie, ballots de café, colis de toutes sortes,
sacs et bidons en tas couvraient la gare.
Dans un coin, assise sur un sac de riz, une
femme, les coudes sur les genoux, la tête
prise entre les mains, pleurait. Elle avait
son fils, son mari, son frère dans l'armée du
général Frossard ; qu'étaient-ils devenus ?
les reverrait-elle jamais? Elle se levait quelquefois d'un mouvement brusque, hâtait le

pas, demandait : « Part-on ? » puis retom-
bait à l'écart et se remettait à pleurer.

Je vis tout à coup deux ou trois hommes
qui couraient ; je les suivis. Un blessé arrivait, un capitaine de la ligne. Une balle l'a-
vait frappé au cou, près de la nuque. Il parlait, la tête tournée de côté et comme tordue.
Il ne savait plus où était sa compagnie. Il
s'était défendu jusqu'à épuisement de car-
touches dans un chantier où des pierres de
taille servaient d'abris à ses hommes. Lui-
même avait fait le coup de feu. Puis il avait
fallu se retirer. Les prés, les champs, les
bois étaient noirs de Prussiens.

— Ah ! les bois aussi ?

— Les bois ! ils en sortaient par colonnes... c'est par là qu'ils sont venus. Au
point du jour, on a vu leurs capotes, tout à
coup ; ils tiraient sur nous comme on tire à
la cible. Eux, on ne les voyait presque pas.

— Et ce régiment de dragons, ce bataillon de chasseurs qui étaient campés dans le pré, sur la gauche de la route, en face du bois ?

— Ah! vous les avez vus ? Pauvre bataillon ! s'est-il rué sur ces coquins bravement ! Mais des arbres, toujours des arbres, et derrière ces arbres, des fusils à aiguille par milliers. S'il reste vingt chasseurs, c'est beaucoup.

Voilà un autre blessé qui arrive. Un lieutenant, celui-là, du même régiment, mais pas du même bataillon. Il a la main broyée par une balle et souffre beaucoup. A son accent, je le reconnais pour un compatriote, un Provençal. Il est de Toulon. « Bah ! dit-il, j'ai la vie sauve, c'est beaucoup ! »

Il tire un portefeuille de sa poche et me fait voir un portrait de femme et d'enfant.

— C'est ma femme et ma fille... J'ai bien

cru que je ne les embrasserais plus... Ça, y a-t-il un chirurgien par ici ?

Encore un blessé, puis deux, puis trois, puis d'autres encore. On ne les compte plus. Ils se couchent partout où il y a une place vide. Des cavaliers passent et des artilleurs dont les chevaux traînent un bout de trait coupé à coups de sabre. Les Prussiens sont maîtres de Forbach.

Quelqu'un me frappe sur l'épaule. Je me retourne.

— Quand je vous le disais, que ce serait pour aujourd'hui... J'avais flairé ça ! »

C'était le journaliste curieux de voir une bataille et qui suivant le général X..., devait perdre son temps. Il était couvert de boue. Ses bottes, qu'il avait passées sur son pantalon, en portaient une croûte épaisse.

— C'est la fusillade qui m'a réveillé... J'ai ouvert la fenêtre. Juste en face de moi !

j'aurais payé pour choisir ma place, que je n'aurais pas mieux. vu ; un brouillard de fumée blanche sortait de la forêt. Je crois que je suis resté quatre heures sans respirer. Il a fallu déguerpir enfin... des paquets de mitraille égratignaient la maison. Tenez, voilà un biscaïen qui a fait sauter le plâtre à mon côté... Je l'ai mis dans ma poche.

Il me présenta un projectile de fer, gros à peu près comme un œuf de poule, mais rond.

— Comment suis-je arrivé de Forbach ici ? Je ne sais pas. J'ai piqué droit devant moi, évitant le chemin de fer que les uhlans parcourent, la lance au poing... Enfin, me voici.

— Ça va donc mal ?

Il secoua la tête :

— Très-mal... deux corps d'armée mis en pièces... en deux jours... vous comprenez.

15

Le bruit se répandit soudain que l'Empereur allait arriver. Je courus vers l'inspecteur :

— C'est vrai, me dit-il, je viens d'en être informé par une dépêche.

L'Empereur ! qui sait ! on allait peut-être reprendre l'offensive. La guerre était à peine commencée et on avait déjà l'ardeur de la revanche. Quel mot au lendemain de Saarbruck !

— Si vous avez sommeil, me dit l'inspecteur, il y a un bouchon ici près où vous trouverez une chambre et un lit.

Dormir dans un pareil moment ! d'ailleurs, n'y avait-il pas cinquante wagons sur la voie où l'on pouvait s'envelopper d'une couverture et s'étendre ?

J'attendais toujours ; quoi ? Je ne sais. Et pour tromper mon impatience, je marchais. Ceux qui allaient et venaient s'arrêtaient un instant, échangeaient quelques mots, puis reprenaient leur promenade. On voyait dans la nuit le bout rouge de leurs cigares comme des étincelles qui s'éloignaient et se rapprochaient. Je me trouvai à côté d'un inconnu qui devait appartenir à l'armée, si j'en jugeais par l'extrémité de son pantalon garance où tintaient des éperons et par sa coiffure. Mais à quelle arme ou à quel corps ? C'est ce qu'un grand manteau qui l'enveloppait tout entier m'empêchait de voir. Il frappait les dalles d'un pied nerveux.

— Que pensez-vous qu'il faille faire ? me dit-il brusquement.

— Comment, ce qu'il faut faire ?

— Oui, après ces deux rencontres qui ont une importance capitale ! Pour moi, je ne vois qu'un moyen de sortir de cette fournaise où l'on s'est jeté si étourdiment. Il faut fraiter.

Ce mot me fit l'effet d'un obus qui eût éclaté à dix pas de moi.

— Traiter ! m'écriai-je, y pensez-vous ?

— Certes ! Et sans plus tarder. L'armée du Rhin est rompue en deux tronçons. L'Allemagne est entrée en France comme un bélier ; du premier coup la muraille est brisée. Vous avez vu Metz. C'est partout comme à Metz. L'imprévoyance et l'incapacité, voilà nos guides ; rien ne peut plus arrêter l'invasion. C'est une avalanche d'hommes qui fond sur nous. Où sont les nôtres ? On sera brave, héroïque, si vous voulez, mais on sera vaincu. C'est fatal. Donc il faut traiter et traiter au plus vite. Il ne nous en coûtera que quelques centaines de millions et peut-être une légère rectification de la frontière... un rien ! Mais si on attend... c'est par milliards et par provinces qu'il faudra compter... Qu'on se hâte !

Cet homme qui parlait dans la nuit de traiter et d'abandonner à la Prusse un lambeau de la terre française me sembla fou.

— Ah! m'écriai-je, la France n'est pas morte pour deux batailles perdues!

Me serrant alors le bras avec violence et d'une voix âpre :

— Dieu vous entende ! reprit-il.

Depuis lors, au camp de Châlons, à Paris, à Orléans, à Tours, je me suis rappelé l'homme de la gare de Saint-Avold.

Le petit jour se faisait. Des lueurs pâles blanchissaient à l'horizon. L'arc du pont se dessina dans cette clarté. Des clairons se mirent à sonner, des tambours à battre. Une longue file de canons, dont les artilleurs portaient le manteau bleu, parut sur la route qui longe le chemin de fer et se mit à rouler dans la direction de Forbach. On signala l'approche du train impérial. Une action allait peut-être s'engager ? Peut-être allait-on tenter de reprendre Forbach ? Déjà on entend le sifflet de la locomotive. C'est bien le wagon qui porte la couronne fermée. Il s'arrête, la portière s'ouvre ; un homme en descend, escorté d'un groupe d'officiers ; on se précipite, ce n'est pas l'Empereur. C'est le maréchal Lebœuf, major général de l'armée. Une calèche légère est là pour le recevoir. Il y monte et part, suivi d'un groupe de cavaliers.

En ce moment passait dans la campagne un régiment de dragons ; le soleil levant frappait les casques et les faisait étinceler. Des fanfares éclataient. Un joyeux régiment de hussards venait après. Les chevaux hennissaient et piaffaient dans l'air frais du matin. La rosée brillait dans l'herbe.

Cependant de minute en minute arrivaient des soldats épuisés par la fatigue ou par la

perte du sang. Ils se traînaient. Quelques-
uns tombaient comme des masses en posant
le pied dans la gare. Assis, leurs fusils entre les jambes, ils ne pouvaient plus se
relever.

Parfois on allait au-devant de ceux qui
débouchaient par les chemins. Que de misè-
res! L'un de ces blessés, un chasseur de
Vincennes, attira mon attention. Il avait
l'épaule fracassée, une balle dans la hanche
et la trace d'un coup de sabre en travers du
front. Comment avait-il pu franchir la distance qui sépare Forbach de Saint-Avold,
c'est ce qu'il était impossible de comprendre. Il releva la tête. Il me reconnut en
même temps que je le reconnaissais.

— Hein! me dit-il avec un sourire triste,
ce n'est plus à présent que vous irez à Saarbruck!

Il souffrait visiblement, mais se tenait

droit ; seulement ses joues n'étaient plus roses.

— Nous nous sommes bien battus, me
dit-il ; mais voilà, ils étaient les plus nombreux...

On le coucha sur des sacs ; un chirurgien,
qui avait les mains rouges, fit à la hâte un
premier pansement avec des débris de linge.
Le chasseur le regardait faire :

— J'ai mon compte, dit-il, mais j'ai voulu
mourir entre amis.

L'inspecteur accourut, comme j'étais immobile en face de cet humble soldat, et me
tirant par la manche :

— Si vous voulez rentrer dans Metz,
hâtez-vous... le train va partir.

— Mais si des colonnes d'attaque sont
formées pour reprendre Forbach, je voudrais
bien...

— Voilà ce qui vous occupe ? Eh bien !
demandez à ce capitaine d'état-major qui

arrive, porteur de dépêches, et vous verrez ce qu'il en pense.

L'officier m'écoute.

— Reprendre l'offensive en ce moment !... dit-il, et il hausse les épaules.

— A présent que vous êtes convaincu, partez-vous ?

Je regardai le chasseur.

— Oh ! il peut monter avec vous... On évacue les blessés qui sont ici.

Tous les wagons étaient déjà presque pleins. Il n'y avait plus que le wagon impérial chamarré d'écussons à l'aigle d'or. On en ouvrit les portières toutes grandes :

— Oh ! ne vous gênez pas... mais entrez vite seulement !

Déjà trois ou quatre blessés avaient pris place dans cet intérieur richement capitonné. J'aidai le petit chasseur à monter. Il n'avait plus aucune force, mais ne se plaignait pas.

En tombant sur les coussins de soie, son sang coula et en tacha les franges et les passementeries. « Oh! » fit-il d'un air honteux et doux, comme s'il avait commis une faute.

Je m'assis auprès de lui. Il s'assoupit bientôt dans une espèce de somnolence interrompue par des frissons. Quelquefois il ouvrait subitement les yeux et je l'entendais qui murmurait : « C'est fini, bien fini ! »

Toujours ces quatre mots, toujours les mêmes. J'essayai de lui donner confiance. Il m'écoutait et secouait la tête. Puis l'épuisement lui faisait de nouveau fermer les yeux, et, quand il les rouvrait : « C'est fini, bien fini ! » reprenait-il.

Un instant, il attacha sur moi ses yeux animés par la fièvre et, comme s'il eût répondu à une question que je ne lui adressais pas : « Je suis de Phalsbourg, » me dit-il.

A notre arrivée à Metz, on le coucha sur une civière ; il me serra la main, sourit encore, et, comme on l'emportait dans une ambulance : « Allez, me cria-t-il en agitant sa main libre, c'est fini, bien fini ! » Le lendemain, je le cherchai et ne le trouvai plus.

Les terribles syllabes du petit chasseur me poursuivirent longtemps, et après chacun de nos désastres, la nuit, aux prises avec une agitation fiévreuse, bien souvent il me semblait entendre une voix triste qui disait : « C'est fini, bien fini ! » J'attachai à ces mots funèbres un sens symbolique, un sens prophétique. Il ne s'agissait plus du soldat de Phalsbourg, mais de la France ! de la France qui reculait de Wœrth à Orléans, de Montargis au Mans, de l'Alsace à la Normandie, de la Lorraine à la Sologne !

Plus tard, j'ai revu ces provinces teintes de sang, et en présence de ces populations

viriles, animées de l'esprit de persévérance,
debout dans leur résignation et leur espoir,
rivées à la France par l'ardeur patiente et
robuste du patriotisme, j'ai pu me dire :
« Non, ce n'est pas fini... il y a la force,
mais il y a Dieu !

FIN

TABLE

IMPRIMERIE EUGÈNE HEUTTE ET Cᶜ, A SAINT-GERMAIN

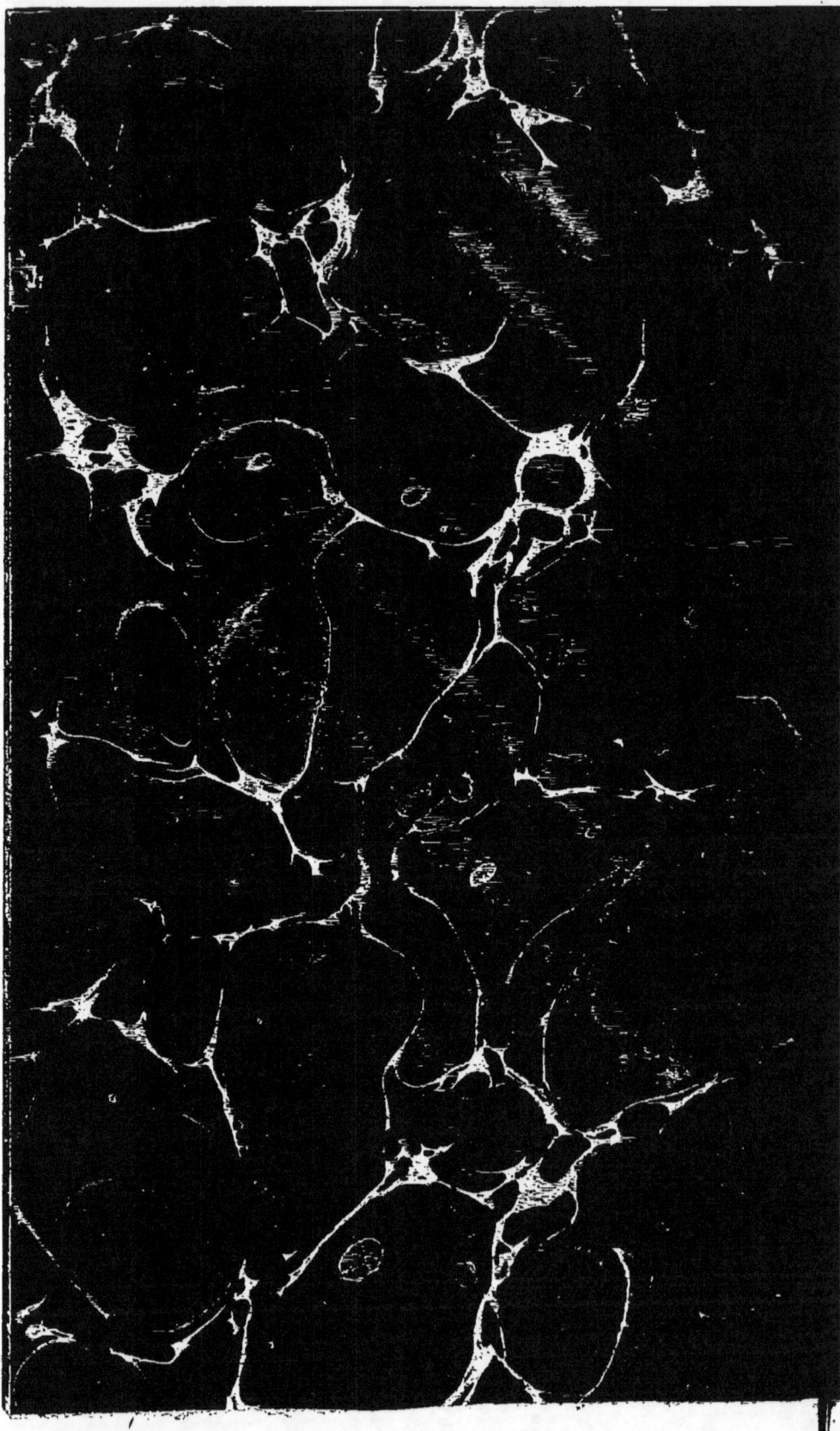

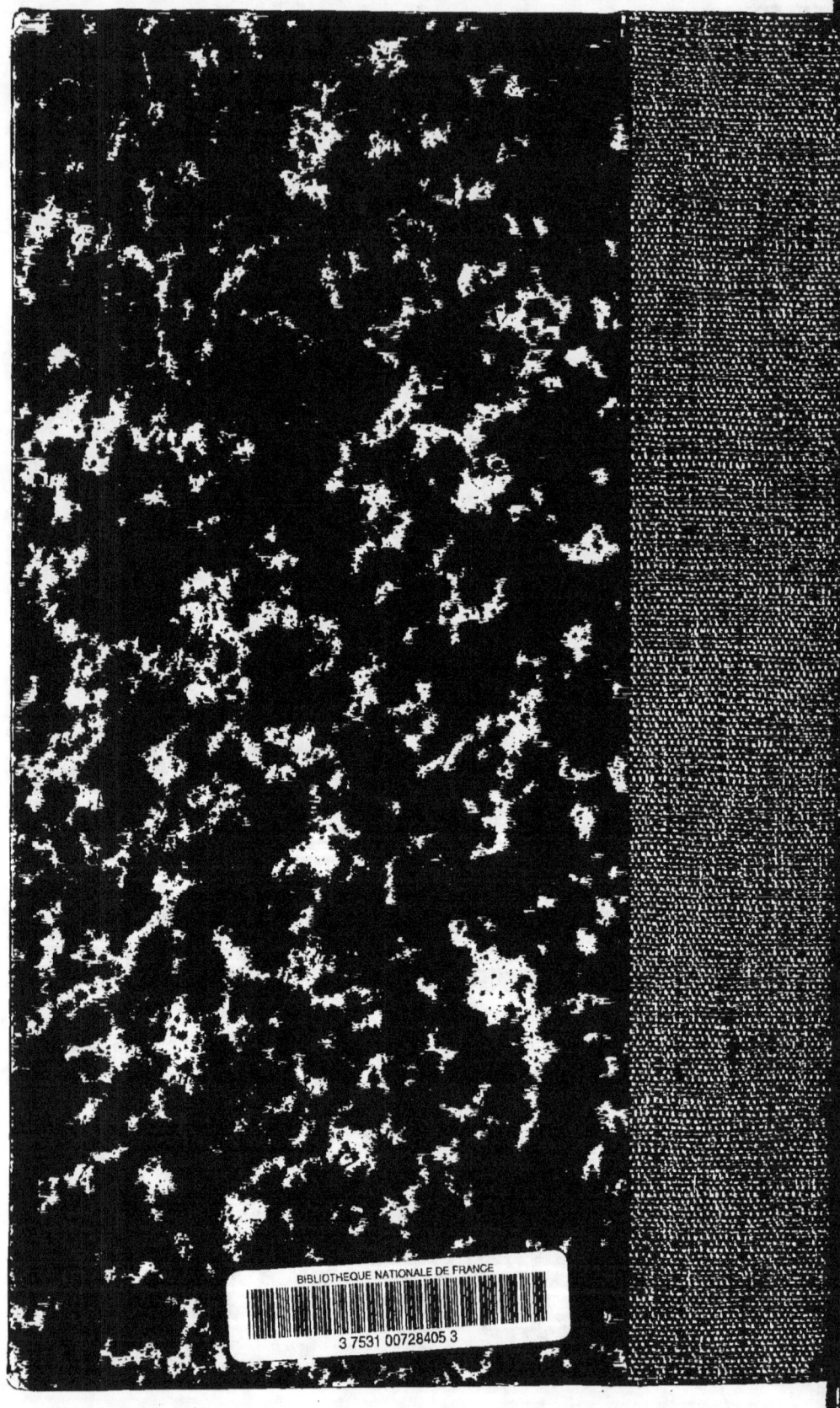

www.ingramcontent.com/pod-product-compliance
Lightning Source LLC
Chambersburg PA
CBHW071805020726
47502CB00004B/1002